Joschi von Sárközy

Wie´s Leben spielt, spielt´s manchmal mit.
...fränkische Gschichten und Gedichte

Satire

AF284084

Originalausgabe

Bibliografische Informationen der Deutschen
Nationalbibliothek:
Die Deutsche Nationalbibliothek verzeichnet diese
Publikation in der Deutschen
Nationalbibliografie;
detaillierte bibliografische Daten sind im Internet über: http//dnb.dnb.de abrufbar

©2016 Joschi von Sárközy
Herstellung und Verlag
BoD - Books on Demand, Norderstedt
ISBN: 9783751978699
2.Auflage 2020
Printed in Germany

Joschi von Sárközy

Wie´s Leben spielt, spielt´s manchmal mit.

Inhalt

1. Vorword

Vorword.

Also, ich will es grad mal vornewech sach. Des Buch, was Sie jetzt in der Hand haldn, soll Sie und auch andre einfach nur unterhaldn. Mehr net.

Da besteht jetzt net der Anschbruch, dass Sie oder wer anneres irgendwas lernen soll oder dass da jemand blödzlich was erfährt, was der oder aach der annere noch gor net gewussd had.

Es derf einfach nur underhaldn. Des soll des sogar. Wenn sich jedzd jemand denkt: »Ja, und warum soll ich mir dann eichentlich so aa Buch kauf oder vielleicht evenduell verschenk.« Dann vielleicht aus dem raus, dass Sie erschtens, scho immer aa Buch mit frängischen Dexdn lesn wolldn, oder zweitens, weil Sie grod nix besseres zu dun hamm und sowieso in dem Buchladn rumstehn, oder driddens, weil Sie mit dem Kauf aa guts Werks dun und den Audor finanziell über Wasser haldn. Des dridde wär ja dann scho widder ein

Sozialengaschmend und des erschbart ihnen einen Gang in die Kirch, in die Sie vielleicht sowieso nie nei gehn, aber Sie könndn sich den Weg dann zusätzlich schbarn.

Sollten Sie sich etwas schwer getan haben, den oberen Text fließend und ohne stolpern gelesen zu haben, dann gibt es bestimmt mehrere Gründe. Ich werde aber einen Teufel tun und jetzt die Gründe aufzählen.

Auf jeden Fall wünsche ich Ihnen, liebe Leserschaft, ganz viel Freude mit den frängischen Texten.

Tauchen Sie ein bisschen ein, in das Leben verschiedenster Charaktere und Situationen, die in Franken genauso oft passieren wie woanders. Aber in Franken kommen die sehr häufig vor, um nicht zu sagen, andauernd.

Herzlichst Ihr

Joschi

1. Gschichte

Verschwiegener Menschenfreund.

Bestimmt kennen Sie das auch. Sie sind ein unbescholtener, aufmerksamer und gutmütiger Bürger. Sie möchten nur das Beste für ihre Mitmenschen. Nichts liegt ihnen ferner, als einen anderen Menschen zu beobachten oder gar auszuspionieren. Nein, so etwas würden Sie niemals tun. Man käme gar nicht auf die Idee. So geht es den meisten von uns. Wir wollen nett sein, den Mitmenschen zeigen, dass wir für sie da sind. Uns ihnen öffnen und ein Ohr schenken, wenn sie es brauchen. Und genau um einen solchen Menschen handelt diese kleine Geschichte. Einem der ohne böse Absicht, sich um seine Mitmenschen kümmert. Wie halt ganz viele. Aber manchmal wird man einfach nur falsch verstanden. Oder ist es am Ende doch ganz anders? Schauen wir mal.

Eigentlich ist heute ein schöner Tag. Ein Tag an dem man im Grunde nach gar nichts zum meckern hätte. Im Grunde nach. Aber was ist schon im Grunde? Ein Ausspruch, den man eigentlich gleich vergessen kann, denn eigentlich gibt's den ja gar nicht. Den Grunde. Man würd ja eher sagen: Grund. Aber doch nicht, im Grunde. Also, bei uns würde man das nicht sagen, weil die meisten Menschen gar nicht wissen, was im Grunde heißt. Die meisten tun sich ja schon schwer mit den ganz normalen Worten. Also, den Worten, die man so schon gebraucht. Im Alltag. Im Hausgebrauch. Ohne dass auch noch im Grunde vorkommt. Denn wer kennt sich schon mit dem Grunde aus? Das frag ich sie. Im Grunde kennt sich da kein Mensch mit aus. Mit dem Grunde. Auskennen tun sich die meisten sowieso mit kaum etwas. Also, mit den Dingen, die um uns rum so passieren.

Neulich hab ich ein Gespräch mitbekommen. Nicht dass Sie jetzt denken ich hör bei andern zu, aber die haben sich dermaßen laut unterhalten, also meistens in dem Gespräch, dass ich gar nicht weghören konnte. Wobei ich am Anfang weniger verstanden hab und mich dann etwas näher an den Nachbartisch gesetzt hab, damit ich auch alles etwas besser hören konnte. Jetzt denken Sie sicher, dass ich so ein Lauscher bin und deswegen in ein Gasthaus gehe, damit ich anderen zuhören kann. Nein, ein solcher bin ich gar nicht. Ich interessiere mich nur für die anderen. Ich bin ein Mensch, der sehr interessiert ist an den Menschen. Das ist wichtig heutzutage. Denn wer interessiert sich denn überhaupt noch für andere, das frag ich Sie? Kein Mensch. Also, ich schon. Weil ich ein soziales Wesen bin. Ein Menschenfreund. Deswegen interessier ich mich auch. Und dann ist es mir eigentlich wurscht was da so erzählt wird, Hauptsache es wird überhaupt was erzählt. Die Menschen erzählen sowieso viel zu wenig. Das sag nicht ich, sondern Wissenschaftler, die sich mit so was besonders auskennen. Wobei ich da noch keinen bei mir im Gasthaus gesehen hab. Einen Wissenschaftler.

Vielleicht sitzen die ja an anderen Tischen wie ich. Aber gesehen hab ich noch keinen. Aber die wissen, dass die Menschen zu wenig miteinander reden und erzählen. Weil ein jeder ein so ein Schmartfon besitzt. Und deswegen reden die Leute weniger miteinander und schauen mehr auf das Gerät. Bei den Zwei, wo ich das Gespräch zufällig gehört habe, weil die so laut miteinander gesprochen haben, war das anders. Das lag vielleicht auch daran, dass die Zwei schon etwas älter waren und sicher nicht so ein Schmartfon selbst besitzen und das Gespräch vielleicht deswegen auch so laut war. Und einen Wissenschaftler hab ich da auch nicht gesehen, denn sonst hätte er ja gesehen, dass man sich auch unterhält, in einem Gasthaus. So wie die Zwei. Und hätte das ein solcher Wissenschaftler gesehen, dann hätte er sich gewundert, wie laut das war. Nicht immer, aber schon immer wieder zwischendurch. Deswegen habe ich mich ja auch etwas näher gesetzt, denn sonst hätt ich ja eventuell was falsch verstanden. Das wäre dann auch nicht so gut, weil dann hätte ich die Geschichte ja dem Toni nicht richtig erzählen können und das wär dann wieder ganz blöd gewesen. Weil wenn ich schon was hör, dann mag ich es schon richtig wiedergeben. Denn ansonsten würd ich ja vielleicht was weglassen, was für den Toni dann wieder völlig blöd wär, denn dann wüsst der am End gar nicht worum es richtig ging und er würd das dann seiner Frau völlig anders erzählen. Und die ist ja eine solche Tratschtante, das ist furchtbar. Die erzählt alles weiter. Also, das ist unmöglich. Das kann man doch nicht machen. Einfach Geschichten weiter erzählen. Am besten noch welche, die am End gar nicht so waren. Da bin schon anders. Ich erzähl das maximal dem Toni oder meinem Nachbarn, dem Herrn Oberinspektor Schmalzer. Der ist bei der Polizei und deswegen schon alleine eine Person des Vertrauens. Und der hat mir noch nie eine Geschichte erzählt, so verschwiegen ist der. Auch wenn ich ihn mal versuch auszufragen, was er denn so erlebt in seinem Beruf, sagt er immer, dass das Amtsgeheimnisse sind und er darf das keinem erzählen. So verschwiegen ist der. Meistens.

Manchmal, wenn wir dann Abends zusammensitzen, dann erzählt er halt so kleine Geschichten. Wie er halt mal wieder jemanden aus der Nachbarschaft in seinem Polizeicomputer überprüft hat, weil der ständig auf seinem Parkplatz vor dem Haus steht. Und da steht dann schon drin in einem solchen Computer, was der so alles an Strafen bekommen hat im Straßenverkehr und so. Also, interessant ist das schon. Aber der Herr Schmalzer erzählt das nicht so oft. Mich hat er schon mal gecheckt, wie er es nennt. Aber da hat er dann erzählt, dass bei mir nur drin steht, dass ich mal einer jungen Frau zu nahe gekommen sei. Wobei das gar nicht stimmt, denn die blöde Kuh hat sich bloß aufgeregt, weil ich auf der Parkbank nicht alles verstanden hab, was sie da in ihr Schmartfon gesprochen hat und ein bissle näher gerückt bin. Da muss man sich doch nicht aufregen und gleich die Polizei anrufen. Außerdem hab ich eh nicht alles verstanden, weil sie so leise gesprochen hat. Sie ist auf der Bank immer weiter weggerückt und ich bin halt etwas hinterher gerutscht. Da ist doch nichts dabei. Wo ich doch ein Menschenfreund bin. Sie hat mich gefragt ob ich nichts zu tun hätte, außer bei ihr zu zuhören. Als ich dann Nein gesagt hab, hat sie sich noch mehr aufgeregt. Blöde Kuh, Saublöde. Richtig ausfällig ist sie geworden, das blöde Weib. Hat mich einen Verbalspanner genannt, wo ich erst gar nicht gewusst hab was die meint, was ein Verbalspanner überhaupt ist. Das hab ich dann von dem daher gelaufenen Polizeibeamten erfahren, den das blöde Raaf angerufen hat. Der stand plötzlich vor mir und hat mir erklärt, dass sich die junge Frau von mir belästigt fühlt und sie mich deswegen anzeigen tut. Da hab ich mich aber ganz schön aufregen müssen. Eine solche Behauptung, so eine unverschämte. Dieser Streifenpolizist hat mich doch glatt nach meinem Namen und meiner Adresse gefragt und ob ich einen Ausweis dabei hab. Als ich ihn dann fragte wofür er das brauch, hat er mich so saudumm angschaut, wie halt nur ein Beamter schauen kann. Was ich ihm dann auch gleich gesagt hab, dass er saudumm daher schaut und ich keinen Ausweis dabei hab, wenn ich mich auf einer Bank im Park setz. Denn ich hab ja nicht gewusst, dass man einen Ausweis für die Parkbank brauch. Er hat dann gemeint, dass man das ja auch nicht bräuchte für die Parkbank, aber wenn man junge Frauen belästigt dann schon. Als ich ihn dann gefragt hab, ob ich mit Ausweis wen belästigen darf aber ohne nicht, ist er richtig laut geworden und hat gemeint ob ich ihn verarschen will. Und da ist mir ein Ja raus gerutscht, obwohl ich es gar nicht gemeint hatte. Da hat er sofort einen zweiten Kollegen mit seinem Funkgerät gerufen, weil er gemeint hat er käme mit mir nicht alleine zurecht. Die blöde Kuh, die neben mir saß war schon lange weg, was mich noch mehr aufgeregt hat, weil es ja gar keinen Belästigungsgrund mehr gab. Aber die zwei Herren Beamten meinten das wär gar nicht wichtig ob die Frau noch da sei, denn die hätte mich ja schon vor ihrem weg gehen angezeigt. Das war dann aber Zuviel für mich. Da zeigt mich eine an, die schon gar nicht mehr da ist und ich soll die auch noch belästigt haben, wo die doch schon lang weg war. Das hab ich dann versucht den uniformierten Deppen zu erklären, aber die haben das überhaupt nicht verstanden und gemeint ich sei wohl nicht ganz richtig in meinem Hirn. Erst Frauen belästigen und dann noch so einen Schwachsinn erzählen. Dabei hab ich doch nur versucht zu erklären, dass ich ein Menschenfreund bin und nur kurz hören wollte, was die Frau am Telefon so sagt, nicht dass die am End am Telefon bedroht wird und es hilft ihr keiner. Also, ich hätt da sofort helfen können, wenn ich da was gehört hätte. Hab ich aber nicht, weil die Kuh auch so leise gesprochen hat und ich deshalb ein bissle näher rücken musste. Und so was willst du dann zwei Deppen erklären, die die ganze Zeit an ihrem Funkgerät irgendwelche Kollegen an funken und mehr Unterstützung anfordern, weil sie einen hoch aggressiven älteren Herren nicht zur Ruhe bringen können und am besten soll man gleich einen

Notarzt und einen Rettungswagen herschicken, da eventuell Bewaffnung vorliegt. Das hab ich aber erst mitbekommen, als ungefähr dreißig Personen um uns rum standen und ein fürchterliches Geschrei und Blaulicht zum sehen war.

Ich saß da immer noch auf der Bank und hab mich da schon gewundert, wieso man wegen einer so blöden Kuh einen solchen Aufwand reißen muss, wo die doch schon lang weg war. Ich bin dann aufgestanden und gegangen. Was aber nicht ging, weil mich die zwei Beamten sofort festgehalten haben und mich dann mit auf´s Revier genommen haben. Deswegen hab ich den Eintrag, wie der Schmalzer gesagt hat, in dem Polizeicomputer. Ich bin ja eigentlich froh, dass mein Nachbar so ein Netter ist und mir das mal erzählt hat, dass da so was drin steht. Denn als normaler Bürger kann man ja gar nicht wissen was da so alles steht. Vor allen Dingen wenn ich dann hör, dass zum Beispiel unser „lieber Nachbar" Oskar Reiteisen vor vielen Jahren vier mal hintereinander geblitzt worden ist und deshalb seinen Führerschein für einige Zeit abgeben musste. Grad der, der immer so schimpft wenn die so rasen vor unserem Haus. Da hat der Schmalzer und ich schon sehr lachen müssen, als er mir das erzählt hat. Das hat er mir natürlich im Vertrauen erzählt, hat er mir gesagt. Nicht dass ich das jemanden weiter erzähle und er dann einen Ärger kriegt. Aber da kann er sich auf mich verlassen, denn außer dem Toni hab ich das bei mir behalten und auf den Toni ist Verlass.

Aber interessant ist das schon mit dem Computer bei der Polizei. Da scheint ganz schön viel drin zu stehn und so wichtige Sachen. Man kann sich ein gutes Bild von seinen Mitmenschen machen. Ich glaub deswegen schaut der Herr Schmalzer auch immer so skeptisch wenn er jemanden im Haus begegnet. Er sagt ja dann auch immer, besser gecheckt ist besser als nicht Wissen. Da hat er schon Recht, der Herr Schmalzer. Übrigens hab ich auch von ihm erfahren, dass die blöde Kuh von damals auf der Bank, gar nicht bedroht worden ist, sondern sie hat mit ihrem Liebhaber telefoniert. Das hat der Herr Oberkommissar auch gecheckt, ist echt ein Netter. Genau wie ich, eben ein Menschenfreund. Und deswegen hat die sich damals so aufgeregt. Hat bestimmt Angst gehabt, dass ich den kenn und dass ich es dann ihrem Mann sag, wo ich doch ihren Mann gar nicht kenne. Aber ich hätt ihm ja eh nichts gesagt, weil ich bin ja eher ein verschwiegener Mensch. Man muss die Leute auch in Ruhe lassen und ihnen ihre Privatsphäre lassen. Es geht doch keinem was an, ob da wer ein Techtelmechtel hat. Da bin ich schon sehr verschwiegen.

Lustig war nur, dass der Schmalzer mir erzählt hat, dass er wüsste wer der Mann zu der blöden Kuh ist, weil den hat er auch schon in seinem Computer gefunden. Ich hab ihn dann danach gefragt, dann hat er mir gesagt, dass er mir dass eigentlich gar nicht sagen dürfte, denn es ist ja ein behördliches Geheimnis was da in dem Computer drin steht aber weil ich so ein netter Nachbar bin sagt er mir das unter dem Mantel des Schweigens. Was ich ihm natürlich versprochen hab, denn er kennt mich ja wie verschwiegen ich bin. Der Toni hat auch sehr gelacht, als er erfahren hat wer der Depp war. Denn es war unser Bäckermeister, der nur fünfhundert Meter weiter neben der Parkbank in seiner Bäckerstube stand, während seine Liebeskuh mit ihrem Lover telefonierte. Seitdem muss der Toni beim Brötle holen immer lachen, wenn er dort ins Geschäft geht, denn die Dame bedient immer ganz freundlich und der Toni zwinkert ihr immer zu. Aber die weiß natürlich nicht, dass der Toni was von der Geschichte weiß. Man muss halt schweigen können, sag ich immer. Denn ich möcht ja auch nicht, dass jemand was von mir weiß.

Übrigens, das Gespräch im Gasthaus war gar nicht so spannend wie ich erst vermutet habe. Denn die zwei älteren Herrschaften haben sich nur über ihre Nachbarn ausgelassen und da hab ich dann nach einer dreiviertel Stunde nicht mehr zuhören wollen, weil ich das widerlich finde, wenn man über andere so herzieht. Ich wollt ja schon hingehen und ihnen sagen wie unanständig das ist, sich über andere lustig zu machen oder gar Sachen rum zu erzählen, wo man vielleicht gar nicht weiß ob es am End auch noch stimmt.

Das würd mir nicht passieren, denn dazu bin ich viel zu verschwiegen. Und außerdem bin ich ein Menschenfreund.

2. Gschichte

Hochbegabt

oder

eine fränkische Mutter im Ausnahmezustand.

Es ist nicht leicht. Nein, wirklich. Es ist nicht leicht Mutter von zwei hochbegabten Kindern zu sein. Das ist richtig anstrengend. Nur wer sich da gar nicht auskennt, glaubt, dass das was ganz leichtes ist. Das Gegenteil, sag ich ihnen. Das pure Gegenteil. Immer nur Stress. Immer nur unterwegs. Immer irgendwelche Termine für die Kinder. Da bleibt nichts mehr für mich. Nichts. Rein gar nichts. Meine ganzes Leben hab ich den Kindern untergeordnet. Von Beginn an. Eigentlich schon vorher. Denn dass unsere Anna-Maria hochbegabt ist, wussten wir schon vor der Geburt. Also, ich wusst es. Mein Mann ist da eher ein bisschen langsamer, beim bemerken. Aber das liegt in seiner Familie, denn die sind alle etwas langsamer. Mit dem Begreifen sowieso. Bis die was merken, ist es dann schon vorbei. Aber meinen Mann hab ich schon gut im Griff. Da sag ich dann schon mal: »Bernd, du musst mal mehr tun. Du musst mal was sagen. So geht das nicht.« Und dann macht er das. Aber auch erst, seit er mit mir verheiratet ist. Vorher hat er ja eher so daher gelebt. Aber das hab ich schnell in den Griff bekommen und dann hat er schnell gespurt, weil er auch gemerkt hat, dass er von mir sehr profitiert. Er ist regelrecht aufgeblüht, seitdem. Und ich kann ihn jetzt auch fast überall mit hin nehmen. Nicht überall, aber schon mehr als vorher, als er noch ein stiller Trottel war. Ich will nicht sagen, dass er dumm ist, denn er hat ja auch was gelernt. Nicht jetzt was akademisches oder so. Eher was normales. Nicht so wie ich. Weil ich bin ja schon die Klügere in unserer Ehe. Da haben die Kinder sicher das Hochbegabte her. Denn wenn die Zwei wie die Kinder meines Schwagers wären, dann wären die ganz sicher nicht hochbegabt.

Also, bei der Anna-Maria hab ich das schon in der Schwangerschaft bemerkt. Der erste Gynäkologe, den ich damals hatte, hatte ja gemeint, dass ich da völlig übertreib. Genauso wie die drei anderen, die ich anschließend mit meinem schwangeren Leib beglückt hab. Erst die vierte Gynäkologin hat mich dann verstanden. Gleich beim ersten Besuch hab ich ihr gesagt: »Frau Gynologin, ich weiß dass ich ein hochbegabtes Kind bekomme und ich möchte dass es so normal wie es geht auf die Welt kommt.« Sofort hat mir die Frau Doktor zugestimmt und gemeint: »Frau Sachse, alle Kinder kommen auf diese Welt. Auf welche Art auch immer und ihr „hochbegabtes Kind" werden wir schon da raus holen, wo ihr Mann es rein gebracht hat. Da machen sie sich mal keine Sorgen. Was rein kommt muss auch wieder raus.«

Da hab ich gleich gemerkt, dass diese Frau mich ernst nimmt und sofort erkannt hat, dass unsere

Anna-Maria etwas ganz besonderes ist. Die Anna-Maria hat mir schon im Bauch mitgeteilt, wann ich Hunger hab. Da hat sie mir mit ihren Füßchen immer gegen meinen Magen getreten und da wusst ich gleich, dass ich was Essen soll. Natürlich hab ich nur ausgesuchtes gegessen. Ja, Ausgesuchtes. Denn da darf man nichts normales Essen, wenn man ein hochbegabtes Kind erwartet. Das hab ich alles aus einem Ernährungsbuch aus Amerika gelesen. Den Titel weiß ich auch noch ganz genau: „Ernährung für das ungeborene Genie". Ein toller Ratgeber. Kann ich nur weiter empfehlen. Überhaupt sollte man sich genau informieren, wenn man ein hochbegabtes Kind erwartet. Das ist sehr wichtig, denn dann weiß man sofort was einen so erwartet, wenn dann das Kind da ist.

Ich hab ganz viele Ratgeber gelesen. Und meinem Mann hab ich natürlich jeden Abend davon erzählt, was ich da alles gelesen hab. Aber der ist ja wie so viele Männer, hat einfach keine Ahnung was eine werdende Mutter so empfindet, wenn man ein Genie im Bauch hat. Aber Männer sind ja so empfindungslos, was solche wichtigen Fragen des Lebens angeht. Da stehst du als Frau ganz alleine da und kämpfst mit dir und dem Wissen dass du ein Genie austrägst und dein Mann liegt auf dem Sofa und hat keine Ahnung.

Und dann hab ich Anna-Maria im Bauch auch jeden Tag mit Musik beschallt, denn Musik macht schon das Ungeborene schlau. Ja, das hab ich auch gelesen. Ich muss aber zugeben, dass ich selbst ja gar keine Ahnung von Musik hab und die CD´s mit klassischer Musik sind mir dann schon auf den Wecker gegangen. Na ja, ich hab dann Ohrschützer aufgezogen und die Box etwas näher an den Bauch gestellt, damit ich selbst nicht soviel davon hör. Nur ab und zu hat sich meine Nachbarin beschwert, dass ihr die Lautstärke der Musik auf den Geist geht. Aber ich hab ihr erklärt, dass das für die Anna-Maria ist und sie deshalb ganz gescheit wird, wenn sie dann geboren ist. Die dämliche Nuss hat nur gemeint, dass das Kind ganz sicher taub auf die Welt kommt, weil ich mit dem Geplärre dem Kind das Gehör zerstören tät. Na ja, die ist halt ein bisschen einfach, meine Nachbarin. Hat halt keine Ahnung von der Materie mit Hochbegabten. Da kann nur wer mitreden, der selbst in einer solchen Lage ist wie ich.

Kurz vor der Geburt hab ich dann auch im Internet eine Selbsthilfegruppe für Eltern hochbegabter ungeborener Kinder gefunden. Da hab ich mich sofort angemeldet und innerhalb von drei Tagen war ich diejenige, die die meisten Sachen da rein geschrieben hatte. Da muss man sich schon engagieren.

Nur mein Mann hat sich andauernd beschwert. Weil er gemeint hat, dass ich den Haushalt total vernachlässig. Der hat ja gar keine Ahnung mit was man sich alles beschäftigen muss, wenn man sich auf ein Leben mit so einem Kind vorbereiten muss. Da kannst du doch nicht an den Haushalt denken, da musst du den ganzen Tag rech...rech...na nachschauen, was da alles so im Internet so steht.

Als dann die Anna-Maria geboren wurde, konnt ich schon bei der Geburt merken, dass meine ganzen Bemühungen richtig waren. Das hat auch die Hebamme und der Arzt bei der Geburt sofort festgestellt. Die haben sofort gesagt: »Frau Sachse, da haben sie aber ganz besonders tolles Kind geboren.« Ich hab das gewusst, wollt aber da nichts sagen, denn man muss ja nicht gleich mit der Tür ins Zimmer rauschen. Sonst denken die am Ende noch, dass man sich was einbildet auf ein solches Genie. Ich bin ja da so was von zurückhaltend. Nur im Kindergarten konnt ich dann nicht mehr ruhig sein. Da haben doch so ein paar Mutterschnepfen gemeint, dass es ja wohl sehr früh ist, wenn eine Einjährige Montags zum Flötenunterricht geht, am Mittwoch zum Yoga für Anfänger und am Freitag zum Bodenturnen. Die haben überhaupt keine Ahnung, was ein solches Kind überhaupt braucht. Gut, die Anna-Maria hat sich schon schwer getan mit der Flöte und dem Purzelbaum, aber da hab ich zur Anna-Maria gesagt: » Anna-Maria, du musst dich schon ein bisschen anstrengen, denn von nichts kommt nichts.« Und das hat sie sehr schnell verstanden, denn in der nächsten Flötenstunde hat meine Anna-Maria zweimal in die Flöte gekotzt, weil die Lehrerin gemeint hat, dass sie da mal rein blasen soll. Aber meine Anna-Maria war da natürlich viel zu schlau und hat sofort erkannt, dass die Flöte viel zu einfach zum Spielen ist. Die saublöde Lehrerin hat gemeint, dass es viel zu früh ist aber ich hab ihr dann erklärt, dass unser Kind ihr nur gezeigt hat, dass es schon viel weiter ist und sie eigentlich Klavier lernen will.

Da musst du dich doch nicht wundern, wenn man eine Hochbegabung nicht erkennt, wenn du solche Pseudopädagogen vor dir hast. Deswegen hab ich die Anna-Maria auch dann mit viereinhalb einschulen lassen. Denn ich wollt ja nicht dass das Kind zu viel Zeit verliert zum Lernen. Und außerdem hab ich ja unser zweites Kind auch noch bekommen und da musste ich ja auch Zeit haben, denn der Luca-Leon ist nämlich auch hochbegabt. Ein ganz besonderer Junge ist das. Der kann ja noch mehr als unsere Anna-Maria. Das liegt bestimmt daran, dass ich vor seiner Geburt jeden Tag die Süddeutsche Zeitung gekauft hab. Nein, gelesen hab ich die nicht. Aber das stand ja auch nicht in meinem Ratgeber. Ich hab die Zeitung auf den Bauch gelegt, während ich die klassische Musik laufen lassen hab. Unsere Nachbarn sind in der Zeit weggezogen. Die haben gemeint, dass sie es nicht mehr aushalten, wenn da noch mehr solche auftauchen. Eingezogen sind noch keine Neuen. Dabei ist es in unserer Nachbarschaft doch so schön ruhig.

Gut, wenn unsere Anna-Maria und der Luca-Leon zusammen Musik machen, dann kann es schon ein bisschen lauter werden. Aber es sind halt Hochbegabte, die müssen gefordert werden. Und unser Luca-Leon hat auch gemeint, dass er seine kleine Trompete schon sehr gut beherrscht. Dabei hat er erst drei Stunden bei seinem Lehrer gehabt. Der Lehrer ist ein ganz Netter. Der versteht unseren Luca-Leon. Das liegt vielleicht auch daran, dass der Luca-Leon ihn in der ersten Stunde gleich gesagt hat, dass er das Instrument schon gut kann, denn er hat sich im Internet vier Musikvideos angeschaut hat, wo einer Trompete gespielt hat.

Und unser Luca-Leon hat sofort verstanden, was der gespielt hat. Das hat er uns sofort vorgespielt. Erkannt hab ich es nicht gleich, aber ich versteh ja auch nichts von Musik. Mein Mann hat an dem Abend gemeint, er wüsst jetzt gar nicht was der Luca-Leon da macht, weil er hört nur Gebrumm und Luft, aber der Luca-Leon und ich haben ihm gesagt, dass das so gehört. Mein Mann ist halt so furchtbar einfach. Der Luca-Leon war da schon ein bisschen enttäuscht, dass der Papa so gar nichts gehört hat. Ich hab mit ihm dann das Video angesehen und ich muss sagen, nach dem dreiundzwanzigsten mal anschauen hab ich dann auch gehört, dass der Luca-Leon es wirklich gut gemacht hat, den ersten Ton.

Aber unser Luca-Leon ist ja nicht nur im musikalischen hochbegabt, nein, er ist auch ganz sportliches Kind. Genau wie die Anna-Maria. Beide sind richtige Asse im Sport, also auch im Sport. Die Anna-Maria nicht so sehr wie unser Luca-Leon. Der Luca-Leon ist ja gleich mehrfach so begabt, dass ich schon fast in Stress gekommen bin wegen seinen Begabungen. Mit zwei Jahren hat mein Mann den Luca-Leon mit zum Fußball genommen und da war der Luca-Leon sofort einer der Besten. Der hat sofort verstanden, wenn mein Mann ihm zugerufen hat, dass er den Ball nicht mehr hergeben soll. Ich hab gar nicht verstanden, dass die anderen Eltern immer so böse waren, nur weil unser hochbegabter Sohn den einen und anderen angespuckt hat, wenn die den Ball haben wollten. Da hab ich gleich gesehen, dass unser Sohn ein wahres Talent für Ballsportarten ist. Drum hab ihn dann gleich mit drei Jahren auch noch beim Tennis angemeldet. Der erste Trainer war ein richtig unangenehmer Typ. Hat der doch glatt zu unserem Luca-Leon gemeint, er sei ein kleiner Wichtigtuer, nur weil der Luca-Leon da auch den Ball nicht hergegeben hat. Dabei hab ich doch gleich gesehen, dass unser Sohn nur zeigen wollt, dass er ein ganz Großer im Tennis wird. Ich hab dem Luca-Leon natürlich sofort einen anderen Trainer besorgt, der das Talent erkannt hat. Der war nicht billig. Aber er hat gemeint, wenn ich die

Tennisstunde für fünfundachtzig Euro bei ihm buche, dann macht er aus jedem Trottel einen Tennisstar. Da hab ich sofort gewusst, dass der Mann weiß wie man Kinder fördert. Die Anna-Maria hat da auch versucht Tennis zu spielen, aber das ging nicht so gut. Sie hat mit ihrem Talent am Nebenplatz einem älteren Herrn den Tennisball dreimal in einer halben Stunde in die Hoden geschossen. Der Trainer hat dann gemeint, dass die Anna-Maria vielleicht besser was anderes machen soll, denn sie hat ja großes Talent zum „kleine Teile treffen". Ich hab das nicht so ganz verstanden und bin mit der Anna-Maria dann zum Reiten. Da ist unsere Tochter so aufgeblüht. Also, das kann man sich gar nicht vorstellen. Sie hat alles so schnell begriffen. Das kann man halt nur als Hochbegabte.

In der Schule hat die Anna-Maria auch alles hinbekommen. Die Grundschule war da schon fast lästig, genauso wie bei unserem Luca-Leon. Aber als die Anna-Maria dann aufs Gymnasium gegangen ist, da hab erst gesehen, wie hochbegabt sie eigentlich ist. Denn da hat sie in der fünften

Klasse schon richtig Schwierigkeiten bekommen und wär beinah hängen geblieben. Diese saudummer Lehrerin hat ja gemeint, dass die Anna-Maria noch gar nicht reif wär fürs Gymnasium, aber da hab ich der gleich mal erzählt, was ich alles so nachgelesen hab, wenn man ein hochbegabtes Kind hat. Das genau wegen ihrer Hochbegabung sie gar nicht richtig aufpasst, weil es ihr zu langweilig ist und sie deshalb schlechte Noten schreibt. Die ist einfach unterfordert. Genauso ist das. Das hab ich aus einem anderen Ratgeber aus Amerika, da steht genau drin, warum Hochbegabte so schlecht in der Schule sind. Weil sie nicht genug gefördert werden. Und bei unseren Kindern sehe ich das jeden Tag. Unsere Anna-Maria hat zum Beispiel jetzt eine dritte Fremdsprache dazu genommen und ist dermaßen schlecht, nur weil sie so hochbegabt ist. Die schreibt da nur Fünfer und Sechser. Da hab ihr in den Ferien gleich einen Chinesisch Kurs für Kinder gebucht, damit sie mehr gefördert wird. Und was soll ich sagen, nach sechs Wochen Intensivkurs konnte unsere Anna-

Maria schon die ersten acht Worte akzentfrei aussprechen, dass hat sie uns vorgeführt und ich hab das natürlich sofort gemerkt, wie toll sie das aussprach. Nur mein Mann war wieder mal völlig überfordert und hat die Anna-Maria gefragt, was sie denn da gesagt hat. Die hat vor lauter Langeweile wegen einer solch blöden Frage mit Achseln gezuckt und ihrem Vater die Zunge raus gestreckt. Da hab ich dann zu ihm gesagt: »Wenn ich so begabt wäre, wie unsere Kinder, dann würd ich eine solche Frage auch nicht beantworten, denn die Frage ist ja so was von blöd.« Das wär ja genauso als würd ich den Einstein anrufen und ihn Fragen was er mit der Relationstheorie gemeint hat. Das würd der mir auch nicht beantworten, denn so was weiß man als Hochbegabter. Da gibt man doch keine Antwort. Außerdem hab ich den seine Nummer gar nicht. Mit unserem Luca-Leon ist das in der Schule auch so ein Leid.

Der geht in die Grundschule, was ich ja schon vermeiden wollte, aber da kommt man ja bei den Schulämtern nicht durch, denn man denen versucht zu erklären, dass unser Junge was ganz besonders ist. Also, hab ich ihn halt da angemeldet und nun ist er in der vierten Klasse. Eigentlich sollte er ja die Klasse überspringen und in die sechste Klasse aufs Gymnasium wechseln. Das sag jetzt nicht ich, sondern drei Professoren für Hochbegabte. Da war ich mit unserem Luca-Leon überall. Ich wollt das nämlich genau wissen mit seiner Hochbegabung und deshalb bin ich einem Rat aus meinen amerikanischen Ratgebern gefolgt und hab da mir im Internet Professoren ausgesucht, die so was einem bestätigen, dass das Kind intelligenter ist als der Rest. Für den Luca-Leon war das auch nicht leicht, denn das ist schon anstrengend wenn man andauernd mit ihm unterwegs ist. Und da findest du auch nicht so leicht welche, die wirklich ein Kommtenz haben. Da kommst du schon auch an die Falschen. Aber am End hatte ich dann zwei Professoren, die mir das bestätigt haben, dass der Luca-Leon anders ist. Der Herr Professoren Machlinzki war da der mir am nächsten. Der hat ein Privatinstitut zur

Erkennung von Intelligenz. Das steht so auf seinem Schild. Da hab ich mich gleich wohlgefühlt. Er hat auch ganz wenige Tests gebraucht, um raus zu kriegen, dass der Luca-Leon sehr besonders ist. Er hat ihm in die Augen geschaut, durch die Brille vom Luca-Leon, weil unser Sohn sieht halt ohne die fast gar nichts, und dann hat er ihm gesagt: »Stell auf ein Bein und dreht dich links und das rechts.« Das hat der Luca-Leon nicht so recht verstanden, das war bestimmt auch so gewollt, wegen dem Test. Aber der Luca-Leon hat sich dann auf ein Bein gestellt und die Augen gerollt. Dann hat der Professor gemeint: »Streck linkes Hand in Auge und zeig mit Daumen an Ohr, dann mach Kreis mit Hand die hast du nicht gebraucht.« Da hat dann der Luca-Leon einfach gar nichts gemacht und nur zu mir gemeint: »Mama ich will nach Haus.«

An der Anmeldung hab ich dann die 850,00 € für die Untersuchung bezahlt und konnte das Gutachten gleich mitnehmen. Der Herr Professor Machlinzki hat das echt toll gemacht und das obwohl er in der Mongolei studiert hat und dass in

Zelten direkt am Polarkreis. Das hat der Herr Professor mir selbst erzählt, ist schon erstaunlich, denn so einen intelligenten Professor gibt's nicht so oft. Das Gutachten hab ich natürlich gleich in der Schule vorgetragen, aber da kannst du doch nicht erwarten, dass die so was verstehen. Um da ein bisschen Nachdruck zu verleihen, hab ich mich dann eines Tages in das Klassenzimmer meines Sohnes mal ein bisschen umgesehen. Ich wollt doch mal wissen, warum die doofe Lehrerin meint, dass der Luca-Leon ein ganz normales Kind ist und gar nicht schlauer als die anderen. Da hab ich dann schon gesehen, dass der Luca-Leon allen anderen weit voraus ist. Denn ich hab alle Sachen von allen Kindern mal angesehen, die ich so gefunden hab. Also, da hatte ich dann die Beweise, blöd war nur, dass eine blöde Schnepfe von Lehrerin grad vorbei gekommen ist, als ich die Sachen von der Leonie angeschaut hab um die zu vergleichen. Die hat mich doch glatt aus dem Zimmer geschmissen und mich bei der Rektorin verpetzt. Das war dann wieder nicht so schlimm, denn da hab ich einfach gesagt, dass der Luca-Leon ja nur was vergessen hatte und ich es gesucht hab. Die Frau Nolte, das ist die Rektorin, meinte nur: »Frau Sachse, Sie wissen dass sie nicht in die Klassenräume dürfen. Also lassen sie es oder ich muss Konsequenzen ziehen.« Am Abend hab ich das meinem Mann erzählt, aber wie immer hat der sich gar nicht aufgeregt, bis ich ihm dann gesagt hab, dass er jetzt mal was unternehmen muss, damit der Luca-Leon endlich weiter kommt. Er hat sich dann brav in der Nacht noch hingesetzt und hat der Schulleitung und der Elternvertretung noch eine ganz böse Email geschrieben. Gut, die hab ihm auch diktiert, weil sonst wär das ja wieder nichts geworden. Es reicht nicht dass du Mutter von zwei hochbegabten Kindern bist, nein, du musst dich auch noch um alles andere auch noch kümmern, weil da keiner fähig ist. Ich sag ja, es ist nicht leicht Mutter von Hochbegabten zu sein.

3. Gschichte

Beerdigungen.

Beerdigungen sind in Wahrheit nichts anderes als Feste, die man feiert. Die einen sind traurig, danach fröhlich und der oder die Hauptakteurin wird nicht gefragt oder bekommt es einfach nicht mehr richtig mit.

Jetzt werden Sie als werter Leser und Zuhörer denken, dass der Kerl komplett verblödet ist, ein solches Thema in einem Buch mit bösen Texten und menschlichen Abgründen zu schreiben.

Dabei ist es doch gar nicht so abwegig, wenn man genau das Thema anschneidet, dass uns alle am Ende erwartet. Der Tod und die anschließende Beerdigung. Gut ich geb zu bei mir wird's keine Beerdigung geben. Ja, ich drück mich. Nicht vor dem Tod aber vor dem Beerdigen an und für sich. Ich drück mich, weil ich es nicht möcht, dass ich in einer sündhaft teuren Holzkiste, vielleicht auch noch nicht mal aus Vollholz, sondern aus eine Art Kombimaterial aus Holz und sonst was, in die Erde gestopft werde. Vielleicht ist das Grab dann zu klein aus geschaufelt und die Bestatter müssen mich schräg rein stellen oder ich muss einmal gefaltet werden, damit ich rein pass. Man mag sich das gar nicht vorstellen. Da bist du in deinem Sarg und dann kommt da so ein Beerdiger und meint: »Na ja, des Grab ist a bissle klein. Macht ja nix, dann klapp mer halt den Sarg mitsamt der Leich ein bissle ein. Der merkt ja eh nix.« Da schaust dann schon recht blöd als Leiche, wenn du so was dann mitkriegst. Da kannst du nicht rufen: »Hey Freunderl, des kannst aber jetzt nicht machen, mich da einfach einklappen.« Oder rufen: »Du Saukopf, wenn des machst, dann komm ich dir aber raus.« Da hast du sozusagen die Arschkarte gezogen. Da musst du dann durch. Schön ist das nicht. Schön ist die Situation ja eh nicht für dich, wenn du der einzige bist, der grad nichts zum Feiern hat. Makaber, werden jetzt die meisten von Ihnen denken. Das kann ich verstehen. Und irgendwie ist es auch so. Makaber. Weil der Blick von einer Leiche ausgeht und nicht von einem der nur so beteiligt ist. Da schaut sozusagen die Hauptperson auf das Thema. Und das ist nun wieder nicht so gewöhnlich. Denn eine solche Sichtweise kennt man ja eher weniger, außer man ist selbst betroffen.

Ist man aber selbst betroffen, dann ist es eher schwierig dass dann auf zu schreiben, weil man ja irgendwie nicht mehr so gut schreiben kann. Weil die Möglichkeiten des Aufschreibens in der Situation ja eher wieder begrenzt sind. Oder haben Sie schon mal eine Beerdigung mitgemacht, wo der Bestatter am Sarg stand und vor der Beerdigung gemeint hat, dass man mit dem Beerdigen noch was warten muss, weil der Leichnam noch was zu Ende schreiben muss. Also, ich persönlich hab das jetzt noch nicht gehört oder war dabei, bei einer solchen Beerdigung. Des tät mir dann noch fehlen in meiner Beerdigungssammlung. Beerdigungssammlung, genau. So was hab ich. Also, ich sammle jetzt keine Leichen bei mir daheim oder so. Nein, so einer bin ich nicht. Aber ich geh gern auf Beerdigungen. Nicht auf eine jede. Da bin ich dann schon ein bissel eigen. Es muss eine schöne sein. Wo man so richtig in Stimmung kommt.

Ob ich mich auf meine Beerdigung schon mal vorbereite? Nein, das hab ich doch schon erwähnt, ich werd keine haben. Ich geh nur gern bei andern. Weil da bin ich ja nicht die Hauptperson. Da bin ich sozusagen außen vor und kann es beobachten und mich an der Stimmung erfreuen. Gut, erfreuen ist da vielleicht nicht der richtige Ausdruck, aber ich komm halt gern in eine solche Stimmung der Melancholie. Und ich frag mich halt immer wieder was so jetzt in der Hauptperson so vor geht. Was die denkt, wenn´s des alles sehen könnt. Denn man weiß ja, bei Gericht und bei Beerdigungen wird am meisten gelogen. Wobei der Vergleich gar nicht so schlecht ist, mit dem Gericht und der Beerdigung. Denn vor Gericht hast ja auch als Angeklagter irgendwie ein blödes Gefühl, weil du da sitzt und weißt, dass du was angestellt hast und jetzt drauf wartest, dass dir ein anderer sagt wo´s langgeht. Bei der Beerdigung kannst du als Leiche auch nichts mehr daran ändern, wenn die Grabredner einen rechten Scheißdreck zu dir erzählen. Meistens wird ja da eher nett über einen geredet und erst nachher wenn die Leut beim Leichenschmaus beinander sitzen und schon das eine oder andere lustige Getränk zu sich genommen haben, kommt so manche Wahrheit ans Licht. Aber so beim Beerdigen selber ist es dann schon eher anders. Da wird schon versucht, dass man was Nettes über den Stinkstiefel, den Grauseligen findet. Und das gelingt ja auch meistens. Nur am schlimmsten sind da die Vertreter, die aus den Vereinen kommen, wenn denn die Leiche bei dem einen oder anderen Verein so aktiv war. Da kannst du dann schon mal das komplette Verbalversagen erleben oder besser gesagt hören. Vor allen Dingen, wenn die Damen und Herren Vorstände selbst zur Feder greifen und einen traurigen Text versuchen. Wobei es gar noch schlimmer ist, wenn die Herren der Schöpfung auch noch die freie Rede versuchen. Das scheitert schon meist in den Gehirnwindungen des Redners, das liegt wiederum daran, dass in diesen Gehirnwindungen scheinbar nur Halb- oder gar Viertelsätze vorhanden sind und diese werden dann zum Besten gegeben. Da kommt schon mal so was wie: »Liebe Trauergemeinde, wir sind heut hier, weil der Josef nicht mehr ist. Er hat sozusagen... also in unserem Verein...das Zeitliche abgeschlossen...und deshalb...war der Josef auch immer ein Lustiger...also, bei uns im Verein, denn Daheim hat er ja weniger zum Lachen gehabt. Aber unser Josef hat auch immer...wie auch wir...immer einen lustigen...Daheim halt weniger...Spruch bringen dürfen...und das hat er auch dann sofort gemacht und dann war da aber auch eine Stimmung, die war unglaublich. Da haben wir uns immer erfreut an seinen...Liebe Gertrud, wir sind sozusagen in tiefsten Unverständnis ähhhh Un... .ähh natürlich Verständnis in deiner Trauer drin. Also, wir sind ganz nah bei dir und deiner trauernden Familie, die nur noch aus Dir und deinem lausfrechen Hammel, dem Gscherten, also deinem Sohn besteht. Der Josef hat auch niemals nicht geklagt oder so. Obwohl er das sicher hätte können, bei einem solchen Rotzlöffel. Nein, er hat immer gsagt, dass ihm seine Familie heilig ist und er deswegen auch so selten daheim ist, sonst würd er ja noch ein Heiliger werden. Da hat der Josef... .also immer...also, meistens...schon ein offenes Ohr für uns gehabt...er war immer da, auch wenn er gar nicht hätte brauchen. Immer zur Stelle für unseren Verein und seine Mitglieder. Lieber Josef, das möchten wir dir hoch anrechnen, wie du so immer deinen Mann gestanden bist. Das kann auch unsere Monika bezeugen...der du öfters hast helfen wollen und können. Das war hochanständig von dir, dass du ihr da immer...also, wenn ihr Mann nicht da war, geholfen hast. Tag und Nacht...vor allen Dingen in der Nacht. Liebe Trauergemeinde, wir verabschieden uns heute von unserem treuen Vereinsmitglied Josef Stummer und fühlen mit allen, die heute ebenfalls trauern. Liebe Trauergemeinde, erheben wir unser Glas und trinken wir auf dem Josef sein Wohl, dass er noch lange bei uns ist...und er uns dort, wo er jetzt ist nicht vergisst und sieht wie sehr wir um ihn getrauert haben. In diesem Sinne wünsche ich dem Josef sozusagen alles Gute und dass er das bleibt, was er schon bei uns auch war, ein treuer Geselle, ein wunderbarer Unterhalter und ein echter Spetzl. Josef, mach´s gut und grüß uns die Engel und den Petrus. Denn wir haben im nächsten Monat ja unser Jubiläum und da wär´s dann schon schad, wenn es da regnet tät. Dazu lade ich Sie alle recht herzlich ein und bringen Sie alle gute Laune, einen großen Durscht und an rechten Appetit mit, denn unsere Vereinskasse kann´s gut gebrauchen. Und als schöne Überraschung werden bei dem Jubiläum die Zipfelbuben mit ihren wundervollen Liedern auftreten. Ich dank für die Aufmerksamkeiten.«

Da magst du dann als Leiche gar nicht mehr zuhören, was da so alles erzählt wird. Da magst dich am liebsten in ein tiefes Loch verkriechen, was du ja dann eh schon tust.

Schlimmer sind dann noch diejenigen Vereinsvertreter, die am Grab selbst schon mit ihrem Redeschwall nicht lassen können und dort die Stimmung dermaßen versauen, dass es einem graust.

Überhaupt ist die Stimmung sowieso das Wichtigste bei einer Beerdigung. Da nutzt es dir als Leiche rein gar nichts, wenn keine rechte Stimmung aufkommt, denn dann häst du dir das ja auch sparen können mit dem Beerdigen. Das ist, als wenn du einen Geburtstag feiern möchtest und du lädst die buckliche Verwandtschaft ein und alle sitzen da und schweigen sich an oder reden nur einen blöden Schmarrn. Nur kannst du bei einer Geburtstagsfeier irgendwann aufstehn und weggehen. Das ist jetzt bei einer Beerdigung, wenn du selbst betroffen bist eher schwieriger. Da musst du schon bleiben, ob du willst oder nicht. Das ist dann eben der Nachteil bei einer Beerdigung. So eine Beerdigung hat sowieso einige Nachteile. So Grundsätzlich. Denn man ist ja allem ausgeliefert, was um einen rum so passiert. Da hast du selbst ganz wenig Einfluss drauf und musst es eben nehmen, was so kommt. Selbst wenn mal bei dem Bestatter was schief geht, also schief im wahrsten Sinn des Wortes.

Denn wenn was bei einer Beerdigung schief geht, dann kannst du als Hauptakteur rein gar nichts mehr machen, da musst du durch. Auch wenn zum Beispiel dein Sarg Kopfüber in das offene Grab saust, weil einer der Bestatter sein Seil nicht gut festgehalten hat und dein Sarg mal eben einen Abgang in Richtung Tiefe macht. Da steckst dann. In der Lage. Kopf unten, Füß oben. Also, nicht so dass das ein jeder sehen könnt, weil du bist ja in der Kiste drin. Aber man siehts ja da dran, dass das Fussteil nach oben schaut. Und in der Situation kannst du als Leiche sozusagen gar nichts mehr machen, außer Abwarten. Und das kann wiederum dauern. Das Schöne da dran ist jetzt, dass du natürlich Zeit hast. Also, alle Zeit der Welt. Du kannst nur hoffen, dass nicht jetzt in dieser saublöden Situation noch einer anfängt und wieder eine Rede schwingt, damit die Zeit überbrückt wird. Dann wird nämlich eine solche Situation gleich noch blöder, denn da hängst du schon schräg umeinander und dir ist eh grad net zum lachen und dann fängt noch einer an und will die „Situation retten". Da ist nix mehr zum retten. Da heißt es nur noch Augen zu und durch.

4. Gschichte

Mein nationaler Nachbar.

Nachbarn zu haben ist etwas schönes. Man kann sich mit ihnen so schön austauschen oder mit ihnen auch schön streiten. Aber man muss ja nicht immer streiten, vor allen Dingen dann nicht, wenn man so nette Nachbarn hat wie ich. Besonders nette Nachbarn hab ich am liebsten. Da hab ich zum Beispiel bei mir im Haus einen ganz besonders Netten wohnen. Das ist ein Herr so um die sechzig Jahre. Er wohnt noch gar nicht so lang im Haus. Er ist vor fünf Jahren bei uns eingezogen. Er hat vorher in einer anderen Wohngegend gewohnt, sich aber da net so richtig wohlgefühlt, weil er da regelrecht gemobbt worden ist. Des kann ich jetzt so gar nicht verstehn, denn er ist ein richtig netter Nachbar. Sozusagen ein Vorbild für den Begriff Nachbar. Ich hab das gleich gesehen als er eingezogen ist, denn da hat er gleich geschaut dass alles ordnungsgemäß abläuft mit seinem Einzug. Das war ihm ganz wichtig. Denn er hat gemeint, dass es sehr wichtig ist, dass ein Umzug und ein Einzug gleich richtig und ordnungsgemäß läuft. Das ist sozusagen die Visitenkarte für den Einzieher. Das hat mir schon sehr imponiert, wie er sich da auf die Straße gestellt hat und den LKW-Fahrer eingewiesen hat, damit der anständig einparken konnte. Imponiert hat mir das auch, dass er sich auch nix gefallen hat lassen als der LKW-Fahrer ihm gesagt hat, dass er das schon über zwanzig Jahr macht und keine Hilfe nicht braucht von so einem blöden Meckersack wie ihm. Da hat mein Nachbar dem aber erst mal was erzählt. Hat ihm erst mal die Meinung geblasen, dass er bei der russischen Armee das Fahren von LKW´s und anderen Fahrzeugen im Schlaf gelernt hat und dass er so einem schwarzen Negerdeppen schon noch sagen dürft, wie man einen deutschen LKW fährt, auch wenn der schwarze Neger in Deutschland beziehungsweise in Franken geboren ist und deshalb noch lange nicht ein Franke oder gar ein

Deutscher wird. Aber der Neger war auch net schlecht, weil der meinem Nachbarn ein paar heftige Ausdrück an den Kopf geschmissen hat, dass der schon geschaut hat. Verstanden hat er des wahrscheinlich net so gut, denn er ist ja wie gesagt noch net solang hier bei uns. Aber geschimpft hat er trotzdem, mein Nachbar, der Herr Schlattkowski. Gut, Schlattkowski ist jetzt net grad der deutscheste Name aber der Herr Schlattkowski hat mir schon am ersten Abend nach seinem Einzug erzählt, dass er eigentlich ein echter Deutscher ist. Zwar in Russland geboren, von russischen Eltern, aber seine Ururvorfahren kamen irgendwann mal aus Deutschland. Sagt er. Er hat mir erzählt, dass bei ihm Zuhause in Russland alle Russisch gesprochen haben, weil die Russen des ja so wollten aber er hat das in seinem Innersten immer abgelehnt. Halt auf Russisch. Und als er dann die Möglichkeit hatte nach Deutschland zu kommen, da hat er sich gleich drum bemüht und war sofort gekommen. Er hat mir auch gezeigt, dass er ein echter Deutscher ist. Er hat von Russland einiges mitgebracht, zum Beispiel ein Hitler Bild und „Mein Kampf" in russischer Sprache, weil er damals ja noch nicht deutsch richtig konnt, und das Buch in Russland eh leichter zu bekommen war als dann hier, was er ganz schad find, denn ein solches Buch müsst es doch leichter zu kriegen sein. Er hat mir auch erzählt, dass er nach seiner Ankunft in der „Heimat" in einen „Integrationskurs" geschickt worden ist, weil er ja kein Wort deutsch konnte. Das fand er ja völlig daneben, weil er ja als Deutscher wohl kaum einen Kurs braucht um sich zu integrieren und das mit der Sprache hat er dann viel besser damals bei der NPD gelernt. Da ist er nämlich gleich mal hingegangen um sich genau zu informieren ob sich politisch in den letzten Jahrzehnten was geändert hat. Ich hab ihm erzählt, dass ich die NPD gar net so toll find, weil die so radikal sind und da auch ein paar Nazis dabei sind. Herr Schlattkowski hat mir dann erzählt, dass des alles Lügen von den Medien sind, die die NPD gar nicht richtig kennen und die sowieso andauernd über alles lügen. Da ist der Herr Schlattkowski ganz schön in Rage geraten und hat auf russisch umeinander geflucht. Verstanden hab ich nix aber es hat sich grausam angehört. Der Herr Schlattkowski kann da ganz schön aus sich raus geraten, wenn´s um Politik geht. Denn er hat sich dann doch von der NPD abgewendet, weil so ein paar Provinzzeitungsdeppen sein Bild in der Zeitung abgedruckt hatten, wo er bei einer Demonstration der NPD dabei war und ein paar mal den rechten Arm gehoben hat. Genau so ein Bild war dann in der Zeitung drin, obwohl das ganz anders gemeint war, hat der Herr Schlattkowski mir erzählt. Aber danach haben ihn dann in seiner letzten Wohngegend viele gar nicht mehr gegrüßt und haben auch gar nicht mehr mit ihm gesprochen, obwohl er es ihnen doch erklären wollte, dass er in dem Augenblick, als der Drecksack von der Zeitung das Bild gemacht hat, seinem Nachbarn bloß gezeigt hat, dass da ein Flugzeug von rechts kommt und er nur winken wollt. Aber des hat dann keiner mehr wissen wollen und der Zeitungsdepp hat es auch nicht verstehen wollen, nicht einmal nach dem der Herr Schlattkowski bei ihm in die Zeitung gekommen ist und ihm eine rein gehauen hat. Sogar eine Anzeige hat er bekommen und das Schlimmste war, dass der Beamte der die Anzeige entgegen nahm und ihn danach befragt hat, Özdemic geheißen hat. Herr Schlattkowski hat sich natürlich gleich bei dem Polizeichef drüber beschwert, dass ein so daher gelaufener Kümmeldöner, ihm als Deutscher die Anzeige ausstellt. Genutzt hat des dem Herr Schlattkowski gar nichts, denn der Beamte hat sich da gar beeindrucken lassen und hat die Aussage entgegen genommen und am Schluss musst der Herr Schlattkowski auch noch Geld als Strafe bezahlen. Das hat ihm ja gleich so aufgeregt, dass er bei der Verhandlung auch noch mal gezeigt hat, dass er mit dem Arm nur gezeigt hat, wo da ein Flugzeug herkam. Dem Richter hat das jetzt net so gefallen und hat dem Herrn Schlattkowski gleich nochmal 500 Euro mehr als Strafe aufdrückt. Immer wenn er mir die Gschicht erzählt, bekommt er dermaßen eine Wut, dass ich Angst hab dass er gleich tot umfällt.

Aber ein netter Nachbar ist er wirklich. Und so fürsorglich. Ja, das ist er. Richtig fürsorglich. Er kümmert sich um jeden und alles, auch wenn ihn keiner drum fragt. Er meint immer, dass er als Deutscher in dem Land für Ordnung sorgen muss, denn sonst macht´s ja keiner. Zum Beispiel wenn er aus dem Haus geht, dann schaut er gleich nach, wer Treppenhausdienst hatte, wenn die Treppe schmutzig ist und dann geht er gleich los und klingelt bei dem und geigt ihm die Meinung, wie wichtig Reinlichkeit und Sauberkeit ist und dass man nichts liegen lassen darf. Da ist er sehr genau. Also, bei andern. Er meint in Deutschland ist schon sehr viel besser geworden seit er da ist.

Politisch ist er jetzt in einer anderen Partei aktiv, weil er gemeint hat, dass er als national denkender Mensch in der AfD besser hin passt, denn da würd man ja net gleich merken, dass er gegen alles ist, was nicht deutsch ist. Und außerdem hat man bei der AfD bessere Chancen aktiv zu sein, weil net dauernd der Verfassungsschutz einem im Nacken sitzt. Das kann er ja auch gar nicht verstehn, dass der deutsche Verfassungsschutz deutsche mündige Bürger, wie ihn beobachtet, obwohl er nur das sagt, was viele andere auch denken. Der Herr Schlattkowski ist da schon ein Fuchs. Der weiß genau, wie man´s macht. Vor kurzem hat er mir erzählt, dass er im Bus auch wieder mal so einem dahergelaufenen Inder auf die Füß geholfen hat. Der saß ihm nämlich genau gegenüber und hat auf seinem Computer immer rumgetippt und sich gar nicht mit meinem Nachbarn unterhalten wollen. Der Herr Schlattkowski hat ihm ein paar mal angesprochen und ihn gefragt ob er denn außer Reis und Curry noch was anderes frißt, weil er gar so eine merkwürdige Hautfarbe hat. Aber der Inder hat erst gar nix zu ihm gesagt. Da hat der Herr Schlattkowski ihn gleich noch ein bissel provoziert und hat den Inder gefragt, ob er denn weiß, dass in Deutschland die Busse nicht von Kühen gezogen werden, sondern die schon einen Motor haben. Das hat dem Inder scheinbar auch noch nichts gemacht, den er hat ihn nur zugelächelt. Nachher ist der Herr Schlattkowski aber richtig derb geworden und hat dem Inder so richtig eine gesalzen. Er hat ihn gefragt, ob er denn weiß in welchem Land er lebt und dass man hier sogar die Rindviecher frißt und sogar wählen gehen darf. Ich glaub, da hat´s dem Inder gereicht, denn er hat dem Herrn Schlattkowski auf fränkisch erst mal klar gemacht, dass er dass selber weiß, weil er in Franken geboren ist und er als Professor für Psychiatrie solchen kranken Typen wie ihm versucht zu helfen, dass sie net eingesperrt werden. Da ist der Herr Schlattkowski aufgestanden und aus dem Bus raus, und vor lauter Wut ist er den ganzen Weg nach Hause gelaufen und da musst er weit laufen, denn er hatte sich wegen dem blöden Inder in den falschen Bus gesetzt. Na ja, ist halt schad, wenn mal als echter Deutscher deutsche Buspläne nicht lesen kann.

5. erstes Gedicht

Gedicht eins.

Wartn.

Am Abend wird's dunkel.

Meistens.

Wenn´s emol net dunkel wird,

dann is wahrscheinlich noch net Abend.

Dann rentiert sich des Wartn a net.

Weil des kann dauer.

Und für so was hab ich dann ach kee Zeit.

6. Gschichte

Beim Herrenfrisör.

Der Frisör. Ein Ort der Harmonie und des Schönseins. Da kommst du hin und man macht aus dem einen oder der anderen einen völlig neuen Menschen. Du kommst als Nichts und gehst als etwas ganz besonderes aus den Räumen der Verwandlung. Vor allem als Mann bist du eitel, ohne es zuzugeben. Man(n) achtet auf sein Äußeres, also meistens, gut ab und zu. Aber dann muss auch alles passen. Da darf nichts schiefgehen. Jeder noch so kleine Veränderung muss präzise ausgeführt werden. Denn wir Männer kennen uns aus. Mit allem. Auch mit dem Handwerk des Frisörs, da macht uns keiner was vor.

Guten Tag mein Herr. Sie wünschen?«

»Aan Haarschnitt hätt ich gern.«

»Einen Herrenschnitt?«

»Bin ich a Fraa?«

»Nein, natürlich ein stattlicher Herr.«

»Und was kriecht man dann bei Ihnen?«

»Einen Haarschnitt für Herren, also einen Herrenschnitt.«

»Eben«

»Also. Den Herrschnitt. Klassisch, modern oder gewagt?«

»Woos?«

»Klassisch, modern oder gewagt, den Haarschnitt?«

»Was geht denn bei mir überhaupt noch? Ist ja schon ein bissle lichter, des Hoor.«

»Also, mein Herr. Sie haben doch noch alle Möglichkeiten.«

»Wenn´s des meinen.«

»Dann setzen Sie sich doch bitte auf unseren Platz Numero drei.«

»Wo ist denn dees?«

»An der dritten Stelle. Dort steht eine große Numero drei auf der Stuhllehne.«

»Ah do. Der mit der drei auf der Lehne.«

»Genau. Wünschen der Herr ein heißes Getränk oder etwas zum Lesen?«

»Ah woos?«

»Ein heißes Getränk, also, Kaffee, Cappucino oder einen Latte Macchiato oder etwas anderes?«

»Ein Hoorschnitt hätt ich gern.«

»Einen Herrenschnitt.«

»Was denn sonst.«

»Klassisch, modern oder gewagt?«

»So dass ich halt frisiert bin.«

»Ihr Kopf erinnert mich ein wenig an Prinz Charles.«

»Hää, an wen?«

»Prinz Charles aus Großbritanien.«

»Meine sie den von England?«

»Genau den.«

»Ham´s den a schon mal gschnittn?«

»Nein.«

»Woher wolln´s dann wissen, ob mei Kopf so ausschaut, wie der von dem englischen Prinz?«

»Die edle Form halt.«

»Oder meinste meine Ohren, Freund? Obacht, gell.«

»Dann den klassischen Schnitt.«

»Aber aufpass, gell.«

»Ich bin ein Meister meines Faches.«

»Hoff mer mal.«

»Kennen Sie Udo Walz?«

»Nee, ist des aach ein Kunde von Ihnen?«

»Nein. Das ist ein Starfrisör. Dort hab ich einen Kursus für gewagte Herrenschnitte absolviert. Mit Zertifikat.«

»Au!«

»Oh, ein kleines Mißgeschick.«

»Mißgeschick? Nei gschnittn ham´s mer ins Gnick.«

»Nein, nur ein wenig mit der Schere abgerutscht. Nichts passiert.«

»Nix passiert? Es brennt wie Sau.«

»Ach, ich tupf das ein wenig mit unseren neuen Tupfern ab.«

»Au! Des brennt ja noch mehr, Sie Depp, sie Ungschickter.«

»Sehen Sie. Es blutet nur ein wenig. Schon wieder alles gut.«

»Des will ich hoff.«

»Udo Walz meint immer, dass der Herr von Heute es gar nicht gewagt genug tragen kann. Das Haar.«

»Trägt der aach eine gewagte Frisur?«

»Ich hab hier ein Bild auf meinem Handy von unserem Kursus. Sehen Sie.«

»Der hat ja fast eine ganze Glatzn.«

»Er trägt´s halt gerne etwas leicht und offen.«

»Sauber.«

»So der Herr. Fertig.«

»Sie ham ja kaum was gschnittn.«

»Ich hab Ihnen eine ganz neue Fashion hinein gezaubert. Es sieht sehr Maskulin aus. Also, wie ein Filmstar. Sehr elegant und gewagt gleichzeitig. Udo Walz würde den Schnitt nach Arnold

Schwarzenegger benennen. So Ausdruckstark. Und auch so schnittig.«

»Meinese wirglich?«

»Unbedingt.«

»Ist des net zu auffällig?«

»Nein. Geradezu interessant. Ein echter Walzschnitt eben.«

»Sauber. Gfällt mer.«

»Dann kommen Sie doch bitte zur Kasse. Macht dann 58,90 €.«

»Bittschön. Bis dann in zwei Wochen.«

7. Gschichte

Gartenkolonie.

Seit über dreißig Jahren bin ich nun Vorstand unserer Gartenkolonie. Das ist keine leichte Aufgabe. Das kann ich ihnen sagen. Da kommt so manches vor. Da müssen sie mit eiserner Hand durchgreifen. Da dürfen sie nicht nachgeben. Niemals. Denn wenn man Vorstand ist, dann ist man auch gleichzeitig ein Vorbild. Da darfst du dir keine Schwäche erlauben. Vor allen Dingen wenn es um´s einhalten der Richtlinien von einer solchen Gartenkolonie geht. Da kann net jeder machen was er will. So wie bei unserem Mitglied, dem Herrn Professor Doktor Oberleitner. Als der seinen Garten bei uns übernommen hat, hat er doch glatt gemeint, er kann emal eben den mittleren Gehweg, der in seinen Garten führt um gschlagene 15 cm breiter machen, als das erlaubt ist. Ist der doch glatt mit ein paar von seinen Studenten ankommen und hat sich da versucht einen neuen Weg anzulegen und weil es der Dame des Hauses zu eng war, hat er doch glatt einfach emal 15 Zentimeter dazu geben. Aber da hat er sich gschnittn gabt, der Herr Professor. Zum Glück hat mir das sofort der Herbert, sein Gartennachbar, gemeldet. Der Herbert ist da ein ganz besonders aufmerksamer Nachbar. Überhaupt ist das ein richtig akkurater Gartler. Er kommt aus dem Osten und war früher bei der Telefongesellschaft in Dresden beschäftigt, hat er mir erzählt. Seit seiner Pensionierung lebt er jetzt bei uns und hat sich gleich einen Garten zum Entspannen bei uns gepachtet, wie er mir selber erzählt hat. Er hat mir mal erzählt, dass er da auf seiner Arbeit viel mit Leuten zu tun ghabt hat, die immer wieder mal versucht ham, in den Westen zu flüchten und er hat das sofort mitgekriegt. Wissen ´s mich interessiert ja solche Gschichten eigentlich gar nicht, aber der Herbert hat mir da Dinger erzählt. Ich kann ihnen sagen, da legst die Ohrn hinter, vor allem, wie der alles mitbekommen hat. So mit Lauschen und Abhörn. Also, des muss scho ein Spektakel gewesen sein. Aber bei der Stasi war er nicht, hat der Herbert mir erzählt. Und des kann ich ihm wirklich glauben, weil er ist so ein grundehrlicher Mensch. Denn als er zu mir kam, weil der Herr Professor Doktor Oberleitner des mit seinem Gartenweg gmacht hat, da ist er gleich zu mir gekommen und hat mir ganz im Vertrauen erzählt, dass er das mal am Abend mit seinem Niveliergerät nachgemessen hat und fest gestellt hat, dass da was net stimmt. Aber er hat gleich gsagt, dass ich das nicht von ihm hab, die Informationen, falls einer fragt, weil anschwärzen is net so seine Sach. Am nächsten Tag bin ich dann mit meinem neuen Laservermessungsgerät beim Professor an den Garten und hab da mal nachgmessen. Das neue Laservermessungsgerät hab ich mir extra kauft, weil es immer wieder Ärger geben hat, wenn mal wieder was zum Nachmessen war und ich es nicht wirklich beweisen konnt, wie viel oder wie lang da bschissen worden ist. Aber mit dem neuen Laservermessungsgerät kann ich des ganz genau beweisen, weil des hat einen Bluetooth

Anschluss direkt auf mein Handy. Da kann ich Bilder und Daten direkt speichern und dem Sünder auch gleich per Email schicken, mit der Strafzahlung zusammen. Da entgeht mir dann keiner. Der Herr Professor Doktor is mir so auch net ausgekommen. Auch wenn seine Alte gemeckert hat und mich einen Überwachungsvorstand genannt hat. Dabei muss die ruhig sein, die alte Schraube. Nur weil sie als Ärztin es net zu einer höheren Position gebracht hat, genauso wie ihr Mann. Gescheitert ist der an der Karriereleiter. Des weiß ich vom Herbert und vom Florian. Die zwei sind nämlich mein Kontroll-Team und helfen mir bei meiner schweren Arbeit als Vorstand. Der Florian war mir ja am Anfang schon ein bissle Suspekt, als der kommen ist mit seine dünnen Arm und seinem Laptop unterm Arm. Der hat von seinem Opa den Garten geerbt, aber mit dem Garteln hat er´s net so. Deswegen schaut der Garten a net so schön aus. Aber des kann man der Jugend auch ein bissel nachsehen, vor allem wenn man, so wie der Florian seine Hilfe angeboten hat.

Er ist nämlich so ein Technikfreak und hat mit dem Herbert zusammen innerhalb einer Woche eine komplette Überwachungsanlage in der Gartenkolonie aufbaut. Ohne das einer was gemerkt hat. Alles ohne Kabel. In jedem Garten gibt's jetzt eine Kamera, wo ich sehen kann, wer da was macht und wer da ein und aus geht und wie lang da wer sich aufhält. Da bin ich dem Florian schon ein bissle dankbar, dass er dass für das Allgemeinwohl gemacht hat. Denn so ist es auch richtig sicher bei uns. Und der Herr Professor hat auch gleich eingsehn, dass das mit seinem Weg so net geht. 15 Zentimeter sind einfach zu viel, hab ich zu ihm gsagt. Da muss er die 185 Euro Strafe akzeptieren, hab ich gesagt, weil sonst könnt ein jeder machen was er will. Auch wenn seine Alte sich aufgregt hat, hat er dann doch gleich zahlt und mir fest versprochen, dass so was nicht mehr vorkommt. Dank der Kamera kann ich des jetzt auch gut überprüfen, ohne dass ich mit meinem Auto extra hinfahrn muss. Also, solche Kameras sind sozusagen auch noch Umweltschonend. Und es ist ein Segen für alle in der Gartenkolonie. Auch wenn das net jeder einsehn mag. Da hat in der letzten Woche zum Beispiel unsere Frau Lehrerin, die Schultz-Koppe, dermaßen über die Stränge gschlagen, da musst ich einfach eingreifen. Dabei steht des alles klipp und klar in unserer Satzung drinnen. Da gibt's keine Ausnahme. Da hat die doch einfach sich drüber weg gsetzt und hat gemeint ich würd das nicht merken. Aber nicht mit mir. Dank der Kamera in derer ihrn Garten, konnt ich sogar ein Beweisvideo liefern. Da hat´s aber geschaut, die Frau Oberschlau. Hat wohl a gedacht, dass sie des mit mir als pensionierten Bankfilialdirektor machen kann. Aber da war gleich Schluss mit Lustig, weil da kann ich dann schon mal aus der Haut fahrn, wenn so eine daher kommt. Hat die doch gemeint, dass sie an einem gewöhnlichen Wochentag, also einem Montag bis Nächtens grillen kann. So geht's ja net, hab ich zu ihr gesagt. Montag bis Donnerstag ist das Grillen im Garten bis maximal 20.30 Uhr erlaubt und net einfach bis 21.42 Uhr. Als ich ihr den Strafbescheid per Mail hab zukommen lassen, des warn nur 185 Euro, da hat sie mich doch angerufen und mich angschissen, was ich für einer wär. So ein Ausbeuter, so ein Ausgschamter, einen verkappten Oberpolizisten hat´s mich genannt. Rumgschimpft hat´s am Telefon, die saubere Pädagogin. Da war´s bei mir grad beim Richtigen. Ich hab ihr ganz ruhig gesagt, dass ich Beweise hab und sie soll sich gar nicht so aufregen, denn es gibt genaue Regeln und die müssen eben eingehalten werden. Dann hat´s noch ein bissle rumgschrien und mich sonst was genannt, bis es mir zu dumm war. Da bin ich dann mit meinem Laptop zu ihr gefahrn und hab ihr das Video gezeigt. Da hätten´s mal schaun sollen, wie die blöde Kuh geschaut hat. Nichts hat´s mehr gwusst, was sie sagn soll, kreidebleich war die, weil man konnt alles genau erkennen. Sogar wer da welche Wurscht gfressn hat und mit wem die Frau Lehrerin da umeinander gschmust hat. So geht's eben nicht, hab ich gesagt, zur Frau Lehrerin, denn sonst könnt ich ja bei jedem eine Ausnahme machen und wo kämen wir dahin. Ja wohin? In einem Saustall kämen wir da. Sodom und Gomorrha hätten wir dann in unserer schönen Gartenkolonie. Wenn ein jeder machen würd, was ihm grad so einfällt. Da bin ich dann schon auch ein bissle lauter mit ihr geworden und dann hat sie auch schön brav bezahlt. Da kann man sehen, wie schwer es heutzutage ist eine Gesellschaft auf den rechten Weg zu bringen. Da bist du als Vorstand einer solchen Gartenkolonie richtig gefordert, da kannst du dich nicht zurücklehnen und kannst den Herrgott einen guten Mann sein lassen. Nein, da musst du wachsam sein. Immer aufpassen, weil sonst hast du irgendwann gar keine Ruhe mehr in deinem Garten. Da kannst du dann nichts mehr genießen. Nicht einmal mehr die schöne Ruhe. Da ist es dann vorbei mit den Freiheiten des Lebens, wenn du keine strenge Ordnung hast.

8. Gschichte

Politikerleben

oder

nichts ist schwerer als so ein Leben.

»Ja... Nein...Ja... Nein... ich kann doch nicht... ich werd natürlich alles tun... Nein... Ja... Natürlich... ich werd selbsverständlich nichts nach aussen tragen... sie können sich auf mich verlassen... wie immer... wie immer... nein... doch... es ist mir bekannt... ich soll´s für mich behalten... tu ich... sie machen das schon... ich werd´s vergessen... wie immer... genau... nie gehört... aber sicher... kein Wort... sicher... sie können sich drauf verlassen... schön... gut... das Gespräch hatten wir nie... wie immer... Gruß an die Gattin... ach, die ist... sie sind mit Frau... unterwegs... schön... nicht wahr?... ich weiß von nichts... wie immer... schöne Zeit in Brüssel...

Danke... Nein... Ja... gut...Gruß an Herrn Minister... den ham´s noch nicht gesehen... gut... schön... alles Gute... Ja... auf Wiedersehen... Ja... ich werd nichts sagen... auf Wiedersehen... ja... sie können sich drauf verlassen... gut... Nein... gut... dann... Ja... auf Wiedersehen.«

So ein Depp. Als ob des so einfach wär. Nix is einfach. Überhaupt nix is einfach. Jeder stellt sich des immer so einfach vor, wenn du als Landrat tätig bist. Alle sagen immer, dass ein Politikerleben so einfach ist. Solln´s halt einmal tauschen. Also, ich möcht mit mir net tauschen. Also, wenn ich des könnt. Aber ich kann ja nicht, weil ich bin ja selbst einer. Ein Kommunalpolitiker. Und dazu noch ein ganz gewissenhafter. Immer für den Bürger da. Tag und Nacht. Sozusagen ein Politiker, der noch das Wort Politiker verdient. Nicht wie meine Kollegen, die es da ein ganzes Stück weiter gebracht haben. Und Schuld, dass nix vorwärts gangen ist, sind meine Herren und Damen Kollegen. Immer haben sie gesagt, ich sei der geborene Kommunalpolitiker. Dabei hab ich das Talent zu Größerem. Aber ich will mich ja gar nicht beschweren. Denn ich tu hier vor Ort mein Bestes. Da musst du schon schauen wo du bleibst. Während die Parteigenossen meiner christlichen Union sich in der Sonne aufhalten, bin ich hier auf dem fränkischen Flachland eher eine Schattenpflanze. Obwohl ich mich anstreng und immer alles korrekt macht. Aber da wirst ja nix, wenn du so ehrlich bist. Und vor allen Dingen wenn du es allen Recht machen willst. Des kann dann schon anstrengend sein. Das kann sich so ein normaler Bürger gar nicht vorstellen, wie des ist, wenn du den ganzen Tag dich immer um Dinge kümmern musst, wo du oft denkst, was der schon wieder will. Da kommt der Verband, da kommt die Initiative, dann der Verein, des hört den ganzen Tag net auf. Immerzu will da einer was von dir. Und was hab ich davon? Kaum was. Ja, schon gleich gar nichts. Von wegen Vorteile. Die Bürger sehn immer nur das Schöne, aber was dahinter steckt, des sieht nie einer. Neulich hat ich wieder mal so was. Da kommt mein alter Parteifreund, der Schneider, ein Landwirt, der mal wieder Probleme mit seinen Nachbarn hat, wegen seinem Ausbau von seinem Schweinestall. Natürlich hab ich dem eine Sondergenehmigung für den Bau ausstellen lassen. Des kannst du doch nicht machen, dass du als Kommunalpolitiker einem solchen Wirtschaftsbetrieb die Existenz raubst, nur weil so ein Naturschützer meint, mit seiner Direktausleitung der Gülle in die anliegenden Wiesen, würde er alles kaputt machen. Wie ich des ghört hab, da hab ich sofort die Sondergenehmigung ausgestellt. Schon allein um dene grünen Naturkaschper zu zeigen, dass wir zusammenhalten in der Partei. Und dem Landwirt Schneider hat es auch geholfen, weil er jetzt statt der genehmigten 350 Schweine gut 950 Säu unterbringt, denn der Stall ist voll abgeriegelt und da kommt keiner nei. Selbst wenn du es versuchen solltest. Da geht gar nix. Alles gesichert. Sauber sag ich. Und für mich gibt's Schweinefleisch zum Sondertarif, denn umsonst ist der Tod und der kostet das Lebn. Die Opposition hat gemeint ich würd die Genehmigung nur aus Eigennutz erteilt haben. Wenn ich sowas schon hör. Nix hab ich. Nur dem Wirtschaftswohl hab ich gedient. Was wär denn passiert, wenn ich den Stall nicht genehmigt hätt? Der Schneider wär in den Nachbarkreis gegangen und hätt meinem Sozikollegen, dem Opitzer des gute Schweinefleisch gegeben. Sowas musst du verhindern, wenn du was für Land und Leute tun magst. Da musst du dein Interesse ganz nach hinten anstellen und dich der Sache annehmen. Denn am End wirst du nicht gewählt, weil du auf irgendein Tierwohl geschaut hast, sondern was bei die Leut auf den Teller kommt. Und günstig muss es sein. Teures Fleisch kann sich doch keine Sau leisten, weil die liegt ja eh auf´m Teller. Und von wegen wir essen zuviel Fleisch. Einen solchen Schmarrn kann auch nur einer daher reden, der überhaupt keine Ahnung vom Leben hat. Die Fleischindustrie ist eine Stütze der deutschen Wirtschaft. Genauso wie unsere Waffenindustrie. Die müssen wir auch als Politiker schützen, vor diesen militanten Waffengegnern. Als ob die Waffen irgendwem was tun würden. Wenn ich sowas schon hör. Wie neulich in unserer Kreistagssitzung. Hat da nicht so grüner Nachzügler eine Petition in den Kreistag mitgebracht und wollt, dass wir alle gegen Waffenlieferungen unterschreiben. Da hab ich erstmal nachgeschaut, ob es in der Kreistagsordnung nicht was gibt, um so eine Petition zu verhindern. Leider ging des nicht so einfach, wie ich mir des vorgestellt hab, aber am End haben bloß drei Leut unterschrieben, weil ich den Tagesordnungspunkt immer weiter nach hinten geschoben hab und am End hat die Zeit nimmer gereicht für mehr Unterschriften. Wo komm mer denn hin, wenn da ein jeder solche Petitionen in den Kreistag bringt, dann sind mir nur noch mit solch einem Blödsinn beschäftigt und wir können gar nichts mehr wichtiges beschließen. Ausserdem kann ich da aus meiner Politikerfahrung sagen, dass deutsche Waffen in Deutschland kaum mehr einen Schaden anrichten. Des hab ich mir sogar vom statistischen Bundesamt bestätigen lassen. Da steht´s dann schwarz auf weiß, dass deutsche

Waffen in der Bundesrepublik weniger als 0,05 Prozent Personenschäden in den letzten 40 Jahren verursacht haben. Der grüne Froschretter hat gegen solch ein schlagkräftiges Argument nichts mehr gehabt, ausser, dass er uns erzählen wollt, dass es eben in den Krisenländer schon erheblichen Schaden verursacht, wenn man deutsche Waffen dahin verkauft. Der Gärtner Paul hat ihm dann gleich Kontra geben und hat ihn mal gefragt, ob er denn überhaupt wüsst, was ein Krisengebiet ist und ob er denn schon in einem solchen gewesen sei, weil er war schon mal in einem Krisengebiet und des war richtig schlimm. Und solche Krisengebiete sind gar nicht so weit weg, hat der Gärtner Paul erklärt, da musst nur mal in die neuen Bundesländer fahrn, da kriegst sofort eine Krise. Nachdem dann alle ausgelacht hatten, hat sich dieser grüne Fuzzi noch mehr aufgeregt und lauthals gschrien, dass er, der Gärtner Paul, die Opfer im Nahen Osten verhöhnt. Dann ist mir raus gerutscht, dass der Osten gar net so nah ist, denn nach Dresden sind´s mehr als 400 Kilometer und die soll er erst mal mit seinem blöden Fahrrad fahren, dann red er nicht mehr von »Nahen Osten.« Dann hat der aufgedreht, mich angeschrien, ob ich überhaupt ein Hirn hätt und wüsst, dass es noch andere Länder gibt, ausser Deutschland. Da hat´s mir aber gereicht und ich hab was gemacht, was ich noch nie, also eher selten, nur gelegentlich, also, bis auf ein paar mal, gemacht hab. Ich hab dem Trottel eine gschmiert, dass der rückwärts vom Stuhl gflogn ist. Da hat er dann gelegen, der Störer, der Saukomische. Alle haben geschaut und sofort Spontanapplaus angefangen. So was kannst doch nicht machen in einer Kreistagssitzung, einfach so umeinander brüllen. Wir sind doch ein zivilisiertes Parlament und nicht in der Ukraine oder in Asien. Aber wie er so da lag war auch irgendwie komisch. Er hatte die Augen auf und irgendwie merkwürdig geröchelt. Aber bewegt hat er sich nicht, der Umeinanderplärrer. Nach a paar Minuten ist dann doch wer aufgestanden und hat nachgeschaut ob er noch Probleme hat. Irgendwer hat dann den Notarzt und die Rettung angerufen und dann haben´s ihn abgeholt, weil er gar nicht mehr richtig wach werden wollt. Nach der Kreistagssitzung bin ich dann auf Anraten meiner Parteifreunde ins Krankenhaus gfahrn und hab ihn besucht. Da gings ihm schon ein bissle besser und ich hab dann im Krankenzimmer auch gleich noch ein Interview der Lokalzeitung gegeben, damit die Leute sehen, dass ich als Landrat einen verletzten Kollegen gern besuch. Erinnern konnt er sich an gar nichts mehr und ich hab der Presse berichtet, dass er auf einmal vom Stuhl gefallen ist und wir alle ganz geschockt waren, dass er aufgrund seiner Aufregungen einfach so ohnmächtig geworden ist. Die Titelseite am nächsten Tag in der Zeitung fand ich dann sehr nett, denn da ist dann gestanden, dass ich als Landrat über Parteigrenzen hinweg immer meine Hilfe anbiete. Politiker zu sein ist wirklich anstrengend.

9. Gschichte

Priesterjubiläum

oder

Das Zeitungsinterview.

Fränkische Pfarrer sind eine ganz besondere Spezies Mensch. Besonders dann, wenn sie sich um so viele Dinge kümmern müssen und dabei kaum Zeit haben an sich selbst zu denken. Ganz schwer haben es die Pfarrer, die der katholischen Zunft angehören. Denn gerade sie sind es, die durch ihre fränkischen Wurzeln einen ganz besonders harten Stand haben. Und genau von einem solchen Herrn handelt diese kleine Geschichte. Sie soll ihnen aufzeigen, was ein Mensch alles erleben kann und muss, nach vierzig Jahren Dienst für den Herrn.

»Schön, dass Sie heute für uns Zeit haben. Hochwürden.«

»Gern gschehn.«

»Sie feiern in diesen Tagen ihr 40 jähriges Priesterjubiläum.«

»Stimmt.«

»Unsere Leser sind ganz gespannt darauf von einem solch weitgereisten Mann, wie Sie, zu erfahren, was er alles so erlebt hat.«

»Meinen Sie wirklich?«

»Unbedingt. Man trifft ja nicht alle Tage einen solchen Menschen, der auch soviel Gutes gesehen hat und auch soviel Gutes verbreitet hat, wie Sie Monsignore Plächer.«

»Na, alles gut war da sicher a net.«

»Aber Sie haben doch soviel Gutes gepredigt und das gute Wort verbreitet. Selbst auf dem schwarzen

Kontinent waren sie gewesen und haben dort das gute Wort gebracht, zu einer Zeit, wo man gar nicht wusste dass es den Kontinent so gibt.«

»Schwarz war er schon, der Kontinent. Vor allen Dingen nachts.«

»Ach, Sie sind immer noch voller Humor. Wie sind sie denn zu der Berufung Priester gekommen? Wer hat sie denn darauf gebracht?«

»Schuld war meine Tante.«

»Also, die Tante war Nonne und hat ihnen das gute Leben vorgelebt?«

»Neee.«

»Aber sie hat sie davon überzeugt, dass Wort des Herrn zu verbreiten.«

»Auch net.«

»Ah, ich verstehe. Die liebe Tante hat sie gestützt in ihrem Glauben.«

»Eher des Gegenteil.«

»Das Gegenteil? Das verstehe ich nicht so ganz.«

Die hat immer zu mir gsagt: Bürscherl, wenn du weiter so machst, dann wirst nie was lernen und dann hast du keinen anständigen Beruf und wirst am End Pforr.«

»Die Tante hat also doch ihren Weg vorweg gesehen.«

»Scheinbar. Weil glernd hab ich nix.«

»Sie blicken auf über 40 Jahre gutes Werk zurück. Wie fühlt man sich so als ehemaliger Missionar und Weltverbesserer?«

»Ich hob die Welt nicht zum Verbessern versucht.«

»Aber Sie haben soviel Gutes getan. Alleine die vielen Kinder.«

»Die warn net alle von mir.«

»Ich meinte ja auch eher die Hilfe, die sie den Kindern haben angedeihen lassen.«

»Nur drei worn von mir, die anderen fünf sind mir dort angedichtet worden. Der blöde Kaplan Irstein hat mich da nei geritten.«

»Afrika ist doch ein tolles Land. Warum mussten sie es verlassen? Hatten sie ihre Aufgabe erfüllt?«

»Der blöde Kaplan war schuld. Der Depp muss ja unbedingt an den Bischof schreiben, dass ich drei Kinder hab. Des wär ja net so schlimm gewesen aber gleich zu behaupten, dass es da noch fünf andere gibt, war dann doch net fair.«

»Der Kaplan handelte also nicht richtig?«

»A blöder Hund war er. Nur weil er sich profilieren hat wollen. Die Fünf, die er angeblich mir zugschustert hat, hat er in einer Beichte gefragt, wer denn ihr Vater sei und da ham die Saugören ihm erzählt, dass ich des bin. Drecksbande.«

»Und der Bischof? Wie hat er reagiert?«

»Er hat mich sofort versetzt. Direkt nach Oberfranken. So schlimm war des jetzt auch net, dass der mich ans Ende der Welt hat schicken müssen.«

»Sie haben sich aber dort schnell eingewöhnt?«

»Musst ich ja.«

»Aber Sie mussten auch dort nach kurzer Zeit wieder weg. Es hat Sie weiter gezogen.«

»Nach Hessen bin ich versetzt worden. Saublöde Gschichd.«

»Die Geschichte in Oberfranken oder in Hessen?«

»Beides.«

»Hat der Herr ihnen an den beiden Stätten einen neuen Weg aufgezeigt?«

»Nein, eher zwei blöde Weiber.«

»Samariterinnen?"

»Neee, Beichtschwestern.«

»Sie haben verfehlt?«

»Wenn ich ein Gewehr gehabt hätt, dann hätt ich die Zwei garantiert net verfehlt.«

»Die Frauen haben sie zu unsittlichem Tun verführt?«

»Nur die eine.«

»Die andere war doch eine Samariterin?«

»Neee, eine saublöde Tratschtante.«

»Hat der Herr ihnen denn nicht gezeigt, wie der Weg geht?«

»Schon.«

»Und?«

»Ich hab´s scheinbar falsch verstanden.«

»Sie blieben dann wegen den Damen in Hessen.«

»Nein, wegen dem Bischof. Der hat mich ja nach der Gschichd mit der blöden Kuh und der saudummen Tratschtante nach Hessen versetzt. Da war ich dann gesessen. Mitten in der Pampa, wo dich kein Mensch versteht und du keinen verstehst.

Und dann dieser blöde Äppelwein, ein solches Gesöff. Da kriegst Flöh im Bauch. Und alles nur weil ich Depp so einen Krampf gemacht hab und Pfarrer geworden bin. Überall diese Idioten, die immer gekommen sind, wenn´s ihnen dreckig gangen ist. Immer musst ich dann Trost spenden. Wer hat mir denn was gespendet? Nix hab ich kriegt. Und dann diese blöde Beichterei. Dauernd sind bloß die alten Weiber kommen, nie die jungen Hübschen. Immer hab ich mir einen Käs anhören dürfen, was die angeblich alles gesündigt haben wollen. Solche Volltrottel, solche Hergelaufenen. Da bist jeden Abend froh gewesen, wenn du dann deine Ruh gabt hast und was war dann? Dann ist der nächste kommen und wollt sterben. Wieder raus und da dann dabei sitzen und net wissen wann du wieder nach Haus kommst. Ach leck mich doch am Arsch. So ein Scheiss.«

»Hochwürden, vielen Dank für ihre schönen Worte. Die Leser freuen sich sicher, einen so standhaften und ehrlichen Priester ehren zu dürfen und bedanke mich für das Interview zum Thema:

„Gelebte Liturgie und Nächstenliebe im 21. Jahrhundert. Danke Nochmals.«

»Gern gschehn.«

10. zweites Gedicht.

Gedicht zwei.

Landschaft.

Ich geh durch die Landschaft.

Ich geh, weil ich leb auf´m Land.

Deswegen Landschaft.

Weil, tät ich in der Stadt wohn,

dann wär´s ja kei Landschaft.

Sondern a Stadtschaft.

11. Gschichte

Treppenhausgespräch.

»Ham´s es schon ghört, Frau Sippel?«

»Nee. Was denn überhaupt?«

»Na, des von dene neue Nachbarn.«

»Ham mir neue Nachbarn? Do hab ich gar nix mit kriegt.«

»Ja, sollen aber net von hier sein.«

»Net von hier? Von wo denn?«

»Na, von woanders halt.«

»Weit wech?«

»Scheinbar ganz weit weg. Also, gar nicht von der Näh.«

»Und da sind dann daher gezogen?«

»Ja.«

»Und ham sie die schon gsehn?«

»Gsehn nicht. Aber ghört, wie die geredet ham.«

»Gredet ham die?«

»Ja.«

»Unn wos?«

»Des weiß ich net genau, weil ich des an der Wohnungstür net so ganz genau verstandn hob.«

»Sind des am Ende noch Ausländer?«

»Besdimmd.«

»Ham Sie denn kee Wort verstandn, als sie die ghört ham?«

»Net richtig. Aber von hier war des net. Eher anners.«

»Also, doch Ausländer. Ich hab´s schon immer gewusst. Irgendwann wern mir von dene kombled unnerwanderd.«

»Genau. Und dann ham mir gar nix mehr zum lachen, weil dann verstehn mir gar nix mehr. Dann ist Schluss.«

»Und so was in unnerm Haus. So geht's ja net.«

»Was soll mer denn machen?«

»Vielleicht können mir ja mit den anderen Mietern redn.«

»Aber net mit dem Ludwig, weil des is ja so ein ganz ein Linker.«

»Der Herr Ludwig ist aa Linker? Das hätte ich dem gar net zugetraut. So däuschd man sich.«

»Gell, da hab ich mich aach gedäuschd. Nix erzähl ich dem.«

»Aber auf den Herrn Gropp können mir uns verlassn. Der hod bei der letzten Wahl die AfD gewähld.«

»Der Gropp hat die AfD gewähld? Resbegd.«

»Hat er mir erzähld.«

»So was hätt ich jetzt net dacht, dass der Gropp so ein gstandner Kerl ist. Wo der doch von seiner Fraa immer wieder mal eine gelangt kriecht.«

»Sdille Wasser sind dief, Frau Dupfer.«

»Aber gleich so still, ich weiß net. Der kriegt doch immer wieder von seiner Aldn eine drauf.«

»Aber er wähld gonsequent.«

»Scheinboor.«

»Und was haben die Ausländer nun so gsocht?«

»Viel mitkriegt hab ich net. Nur Brocken hab ich verstandn.«

»Ham die auch grochen?«

»Schoo.«

»Gell, die riechn so richtig nach „Ausland.«

»Auf jeden Fall hamse eine mergwürdige Sprach ghabd.«

»Ganz bestimmd welche aus dem arabischen Raum.«

»Evenduell.«

»Das glingt ja alles gleich.«

» Scho schlimm so was.«

»Und der Herr Ludwig ist wirglich ee Linker.«

»Wenn ichs ihnen soch. Der had mir erzählt, dass er jetzt in der Flüchtlingshilfe mit helfn dud.«

»So ein falscher Fuffziger, dieser Ludwich. Hab ich mir ja scho immer gedocht, weil mei Moo had aach scho immer gsagd: Liesl, der Ludwig ist ein ganz Merkwürdiger, weil der is weder bei unnerer Feuerwehr noch beim Sbordverein. Der had bestimmt was am Kerbholz.«

»Der had bestimmt scho mal einen umbrachd und jetzt will er´s wieder gud machn, bei dene Flüchdlinge.«

»Des sinn mir grad die Richdigen, erscht einen umbringn und dann so dun als wär ma een Samariter. Schämen solld der sich.«

»Vielleicht hat er ja was mit den arabischen Derrorisdn, die jetzt einzogen sind, zu tun.«

»Ganz bestimmt. Des sinn sicher Kollegn von früher her.«

»Dann war der Ludwig ein Derrorisd? Bestimmt einer von der RAF oder noch schlimmer von dem ISIS.«

»Neulich hab ich gesehen, wie er Nachts weg gangen ist und erschd am nächsten Morgen heim gekommen ist.«

»Bestimmt hat er da die Drogen für die arabischen Derrorisdn besorcht und die Waffen.«

»Der Herr Gropp hat mir aach schon mal so was erzähld, dass er auf den Ludwig immer mal wieder schaud, weil der so komisch schaud.«

»Der Gropp ist echd een richdiger Held.«

»Hoffentlich bringt der Ludwig den Gropp net um. Wär schon schad.«

»Naja, dann müsst sich dem Herrn Gropp seine Alde een anneren zum rumhaun suchn.«

»Frau Schnepfle, des sagt man aber jetzt net.«

»War doch nur ein Scherz.«

»Aber auf die Araber müss mer schon schaun.«

»Unbedingd.«

»Besdimmd ham die mindestens zehn Kinner.«

»So hört sich's auf jeden Fall an.«

»Die orme Kinner. Die wissen gar net, dass die Eltern Derrorisden sinn und scho so viele Menschen auf dem Gewissen ham. Schlimm so was.«

»Des Jugendamt ghört da informiert.«

»Die junge Frau Babsi arbeided doch im Amt. Der könne mir doch einen Tibb gebn.«

»Bloß net der. Die hat mich im Amd mal gschlagene sechs Minuten warten lassen, nur weil ich einen Ausweis abholen wollt.«

»Also, so was. Unverschämd. Die hat wohl nix zu tun als arme Bürger zum ärchern.«

»Wohrscheinlich kennt die die Araber a schon und steckt mit dene unnere Decke.«

»Und besorgt dene aach noch falsche Bässe.«

»Und mich lässd die blöde Kuh wardn.«

»Unglaublich, wer alles auf einem Amt arbeided. Nix gescheides gelernt aber den Bürger drangsalieren. Tybisch.«

»Vorsicht, Frau Schnepfle, die Araber kommen die Dreppe runner.«

»Guten Tag, die Damen. Wir haben uns noch gar nicht vorgestellt. Familie Kleinschmidt aus Sachsen-Anhalt. Vielleicht kommen sie morgen mal auf einen Kaffee vorbei.«

»Ja gern.«

»Unbedingd.«

»Wiedersehn, bis morgen.«

»Bis morchn.«

»Schönen Tag noch.«

„Also, so nette Leud, die bei uns einziehn. Ich hab ´s ja gleich gsochd unser Haus ist wirglich ein Miederbaradies.«

»Genau, Frau Dupfer. So aa Harmonie ist des bei uns im Haus. Fandasdisch.«

»So, jetzt muss ich aber was kochen. Sonst wird des nix mehr.«

»Und mir gehn heud Obend essn. Mei Moo lädt mich ei.«

»Na dann.«

»Wiedersehn.«

»Ja, wiedersehn.«

12. Gschichte

Urlaubsplanung.

Menschen fahren gerne in Urlaub. Überall hin. In die fernsten Länder dieser Erde. Auch fränkische Menschen tun so etwas. Sie tun es aber nicht einfach so. In der fränkischen Spezies gibt eine Gruppe Menschen, die alles akkurat plant. Denn ohne eine perfekte Planung wird so ein Urlaub nichts, rein gar nichts. Da wird schon wochenlang vorher das Auto gereinigt, innen wie außen. Jede Möglichkeit einer Störung wird beseitigt, denn man kann nur so entspannt in den Urlaub fahren. Diese fränkische Spezies schaut genau hin. Ganz genau. Und sie schaut voraus, was alles kommen kann, welche Unwegbarkeiten auf sie warten und wann sie genau kommen. Es könnte ja sein, dass etwas kommt. Und meistens kommt es, wie der pessimistische Franke es vorausgesagt hat. Also

manchmal, gelegentlich oder manchmal halt gar
nicht. Sei es drum. Hier liest man wie es richtig geht.

Ich hab´s ja schon immer geahnt. Urlaub ist was für starke Nerven, da brauchst du richtig starke Nerven. Das muss geplant sein. Da kannst du nicht einfach in ein Reisebüro gehen und eine Reise buchen. Das muss geplant werden, wie ein Angriff im Krieg. Da gehst du ja auch nicht einfach her und greifst an. Sondern du planst das. Und zwar richtig. Wenn du da einen Fehler machst, dann kann´s aus sein mit dir. Da bist du schneller Tod als dir das lieb ist. Und Tod sein ist dann was für länger. Schon fast für ewig. Denn wenn du einmal Tod bist, dann hast du es zwar hinter dir aber du bist dann auch selber Schuld. Weil du hast es nicht richtig geplant. Deinen Urlaub. Im letzten Jahr waren wir an der Nordsee. Direkt an der Nordsee. Da kannst du auch nicht einfach los fahrn und sagen: So morgen sind wir an der Nordsee. Das musst du schon planen. Vor allem wenn du eine Familie hast. So wie ich. Drei Kinder, einen Hund, vier Fahrräder und noch eine Frau. Wenn du da an die Nordsee willst, dann heißt´s aufgepasst. Wenn da was schief geht, dann ist Schluss.

Im Januar war ich das erste Mal mit den Planungen beschäftigt. Da hab ich erst einmal die Wetterberichte der letzten 25 Jahre im Internet recherchiert. Und das sind einige. Da siehst du erst einmal, dass an der Nordsee jeden Tag das Wetter ein anderes ist. Selbst in den Monaten Juli und August kannst du da ein völlig anderes Wetter haben. Da kommst du Sonntags an und es scheint die Sonne, dann stehst du am Montag auf, weil du Brötlich holen möchtest. Wobei die dort immer Brötchen sagen und Brötlich gar nicht kennen, denn die haben dort auch noch ein völlig anderes Verständnis von Deutsch. Da gehst du Brötlich holen und kommst mit Brötchen auf deinem Stellplatz für dein Wohnmobil wieder zurück. Und das Wetter vom Sonntag ist auch nicht mehr da, weil plötzlich ein anderes Wetter ist. Zum Beispiel

Sonntag war Sonne und Wolken und 22 Grad und am Montag, Wolken und Sonne und 23 Grad. Das musst du dann als Mitteleuropäer erst einmal verkraften. Das ist nicht so einfach, wie es ausschaut. Das kann dich dermaßen überraschen, dass du beim Brötlich holen anfängst und schwitzt. Und dann bist du vielleicht nicht richtig gekleidet und dann stehst du bei dem Bäcker an der Nordsee und schwitzt.

Deswegen hab ich mir im März bei einem Fachoutdoorgeschäft in der Stadt eine optimale Ausrüstung für den Urlaub besorgt. Nicht einfach so eine einfache, sondern eine ganz individuelle für die Nordsee. Weil des muss schon passen. Da brauchst du dir nix für die Südsee kaufen, weil du bist ja an der Nordsee. Das ist schon ein Unterschied. Genauso musst du dir nix kaufen, was du zum Beispiel am Tegernsee anziehn könnst, weil der Tegernsee ein ganz ein anderes Klima hat, wie die Nordsee. Beim Tegernsee zum Beispiel, geht das Wasser nicht weg, was bei der Nordsee immer dann ist, wenn ich an den Strand geh. Jedes mal.

Da musst du drauf vorbereitet sein. Das kannst du nicht einfach so mitmachen und an den Strand gehen und dich da hin setzen und auf's Wasser warten, denn dann sitzt du vielleicht länger und du bist überhaupt nicht vorbereitet. So wie es meinem Nachbarn gegangen ist. Ist der Depp doch völlig unvorbereitet in den Urlaub gefahren. Einfach so. Ohne jegliche Planung sozusagen. Da stand er dann dort im Ostallgäu und hat sich gewundert dass da ein völlig anderes Wetter als wie zum Beispiel im Westallgäu. Das hätt ich ihm ja gleich sagen können. Aber nein, der Herr fährt mit seiner Familie einfach drauf los. Obwohl ich zu ihm noch zwei Tage vorher gsagt hab, dass ich mich da besser drauf vorbereitet hätte. Vor allen Dingen, weil er seine Schwiegermutter dabei ghabt hat. Und wenn du... Also, nicht dass mich da jemand jetzt falsch versteht. Das ist oft ganz anders... Aber... Ich sag ihnen... Das ist nicht einfach, wenn du eine Verwandtschaft da mit nimmst. Da kommen Ansprüche auf dich zu. Aber nicht dass jetzt jemand denkt, ich hätt da was dagegen. Nein. Ich hab so was auch einmal gemacht. Gut. Nur einmal. Weil es für meine Schwiegermutter nicht einfach war. Die ist ja so was von Penetrant. Die plant jeden Augenblick im Urlaub und wehe da geht was schief. Da kannst du nachher zum Frisör gehen. Weil da hast du keine gscheite Frisur mehr, von dem ewigen Rumgemecker. Aber ich sag nix... Zum Nachbarn hab ich nur gsagt. Überleg dir das gut, was du da machst. So was geht schneller schief als die lieb ist und nachher habt ihr einen Familienkrach, weil deine Schwiegermutter... Aber er hat´s ja besser wissen müssen. Das hat er jetzt davon. Wie er zurück gekommen ist, hat er mir alles gleich erzählt. Und? Es war schrecklicher als ich es gedacht hab. Aber ich misch mich da nicht ein. Weil am Ende heißt es noch, dass ich da was gsagt hätt und deswegen war der Urlaub nix...

Aber wir warn ja an der Nordsee. Da ist es auch schön. Nur flach ist es da halt so arg. Also, flacher geht's schon fast nimmer. Da schaust du Kilometerweit und siehst trotzdem nicht, wo da ein Ende sein könnt. Und da musst du drauf vorbereitet sein. Weil bei uns, zum Beispiel ist es ja eher hügelig. Da kannst du schauen und siehst das Ende. Das hast du jetzt an der Nordsee eher weniger. Auch weniger Bäume. Dafür einen Wind. Und wenn du da schlecht vorbereitet bist, dann kann´s dir passieren, dass da plötzlich ein Wind in dich rein fährt und du rechnest überhaupt nicht mit, dass kann ganz schlecht ausgehn. Des ist unserm Wohnmobilnachbarn passiert. Auch so ein Planloser. Ist einfach losgfahrn. Da hab ich dann zu meiner Frau am Abend noch gsagt: Siehst, wenn der so naus geht, wie er ankommen ist, dann haut ´s dem einen Wind nei, dass dem ganz anders wird. Und was soll ich sagen? Aber seine Frau war ja noch schlimmer. Die hat ja gleich gar keine Ahnung ghabt, was an der Nordsee gebraucht wird. Mit einem Bikini ist die an den Strand. Das magst du nicht glauben. Mit einem Bikini. Obwohl nur die Sonne gschienen hat dort. Holt sich halt einen Hautkrebs weg. Und später wird dann umeinander gejammert, dass man einen Hautkrebs hat und ich zahl dann wieder dafür. Wo ich doch sowieso...ach was sag ich…ich bekomm ja keinen Hautkrebs, weil ich vorbereitet bin. Da kann ich hinfahren wo ich will. Und eine Krankheit bekomm ich dann auch nicht, weil ich auch da optimal von meinem Apotheker ausgestattet worden bin. Denn das vergessen eh alle. Man muss auch da auf der sicheren Seite sein. Deswegen hab ich mir auch ein größeres Auto gekauft. Nicht wegen meiner Ausrüstung. Nein. Sondern wegen meiner Frau, denn die hat schon wieder mal zugenommen und da wird's dann doch ein bissle eng im Wagen.

13. Gschichte

Beim Bäcker.

Gehn Sie auch ab und zu zum Bäcker? Morgens? Ganz früh? Also, so früh, dass man schon gleich einer der ersten sein will? Da stellt man sich doch auch gern schon mal an, obwohl das Geschäft noch gar nicht auf hat. Und wenn du so früh da bist aber andre noch früher, dann kannst du dich in eine Schlange stellen, obwohl das Geschäft noch gar nicht auf hat. Aber dass du dich da ja anständig anstellst. Da darfst du nicht vordrängeln, in der Pseudoschlange. Weil da kannst du dir dann schon vor dem Aufmachen der Bäckerei gleich was anhörn:

»Hey Sie, hier wird net drängelt!«

»Unverschämtheit, keinen Anstand hat der nicht.«

»Sind wohl noch net wach? Der Herr ist noch am Schlafwandeln. Da kann mer´s ja mal probiern, mit dem Vordrängeln.«

Da bekommst du gleich einen Respekt vor deinen Mitmenschen. Das nennt man deutsche Gründlichkeit. Von Beginn an. Das lernst du schon als Kind. Wenn dich deine faulen Eltern zum Bäcker in aller Früh schicken und da steht schon die deutsche Schlange, in Reih und Glied. Da stehst du dann als Kind und schaust deinem Vordermann direkt auf den Arsch, weil du ja noch nicht so groß bist. Und wenn dann noch einer von hinten dazu kommt, kannst dir passieren, dass du als Kind mit deinem Gesicht genau in den Arsch gedrückt wirst, der vor dir steht und vor dem du schon seit Minuten Angst hast, dass der dir näher kommt als dir lieb ist. Und dann bist du mittendrin. Deine Nase wird genau da hinein gedrückt, wo du in deinem ganzen Leben niemals nicht hin willst. Aber nein. Deine Hinterfrau schiebt dich genau da hinein und sagt dann auch noch:

»Ach jetzt hab ich dich gar net gsehn.«

Und streicht dir dann noch mit ihrer fettigen Hand über den Kopf. Und dann hast du net nur eine Nase, die grad da war, wo sie gleich gar nicht hin wollte, sondern du hast auch noch eine gepatschte Frisur. Von der blöden Kuh, die hinter dir steht und wenn du dich rumdrehst, dann hast du von der genau das im Gesicht, was du auch wieder gar nicht sehen möchtest. Eine geblümte Schürze. Und die Schürze ist voller Kochflecken von den letzten drei Wochen. Das magst du gar nicht sehen, geschweige denn riechen.

»Gell, des riecht gut? Hab gestern Abend noch einen Grießbrei für heut gekocht. Da kriegst Hunger, gell?«

Nein, ich bekomm keinen Hunger, weil ich Grießbrei hass und sowieso ganz was anderes gerochen und gsehn hab. Und dann kommt wieder diese Hand, die dir nochmal über den Kopf streicht, während die geblümte Schürze langsam in der Schlange an dir vorbei zieht, weil sie es ja gar so eilig hat. Und reden tut diese geblümte Schürze auch in einer Tour, selbst wenn die dann dran ist und ihre Brötlich und alles andere bei der Verkäuferin bestellt. Bis du dann als Kind dran kommst, ist die halbe Auslage von der geblümten Schürze und von den anderen fast leer gekauft und du musst schaun, dass du alles mit nach Hause bringst. Heut bin ich erwachsen und es hat sich vieles verändert. Also beim Bäcker. Heut bekommst du bis Abends alles, also, fast alles. Da brauchst du dann auch keine Angst mehr haben, dass deine Nase von hinten in irgendeinen Arsch gedrückt wird, den du vor dir hast. Und jetzt bekommst du auch nicht mehr nur Backzeug, sondern jetzt kannst du dir auch gleich einen Kaffee mitnehmen, wenn du das magst. Und einen Kaffee mitnehmen ist dann auch schon wieder nicht so einfach. Weil da gibt's ja net nur Kaffee, sondern Sachen, die kannst du gar nicht aussprechen. Sollen aber ganz gut schmecken. So was hab ich neulich morgens bei einem Bäcker in einem Supermarkt erlebt. Ja heutzutage sind die Bäcker sozusagen die Vorhut für den Supermarkt. Da stehst du dann in einer extra Zone, nur für den Bäcker oder einen Metzger gibt's a noch, in der Zone. Ich steh also da an und mag mir ein paar Brötchen mitnehmen. Vor mir ein Mann vom Bau. Sieben Uhr zwanzig. Der Mann hat´s eilig.

»Ein Kaffee.«

Die Verkäuferin freundlich: »Groß, Mittel, Klein?«

Er: »Groß und heiß.«

Sie: »Zum Mitnehmen oder hier trinken? Mit Flavour oder ohne oder mit aufgschäumter Milch oder ohne?«

Er: »Häh?«

Sie: »Zum Mitnehmen oder hier trinken? Mit Flavour oder ohne oder mit aufgschäumter Milch oder ohne?«

Er: »Soch mal, geht's noch? Kaffee groß, mitnehmen und zwar prondo.«

Sie: »Vielleicht einen Latte Macchiato oder einen großen Espresso, weil sie ja so gut italienisch können.« Und lächelt dabei.

Er: »Du hast wohl zu viel Kaffee abkriegt, du blöde Kuh. Kaffee aber zackig.«

Sie: »Groß, Mittel, Klein?« Und lächelt immer noch.

Er: »Ich komm dir gleich über die Theke, du blöde Kuh.«

Sie: »Moment.«

Er: »Warum?«

Sie: »Der Kaffee braucht etwas. Meine Kollegin macht das heute ganz frisch für Sie.«

Er: »Welche Kollegin?«

Sie: »Die, die an der nagelneuen Siebdruckkaffeemaschine steht und die ganze Zeit wartet, dass sie endlich wissen was sie wollen.«

Er: »Ach so.«

Sie: »Der nächste bitte.«

Da war ich dann dran und vor lauter Schreck hab ich dann vergessen was ich wollt und hab dann nur gfragt, ob die denn auch ein Brot haben, was einen Kümmel hat. Sie hat mir dann in einem hochwissenschaftlichen Vortrag der Bäcker-Innung innerhalb von circa gefühlten mehreren Minuten erklärt, was alles in ihren Broten drin steckt. Ich hab nur gemerkt, dass alle hinter mir schon aufgestöhnt haben. Ich hab dann zwei Croissants mitgenommen und bin gegangen, weil einen Kaffee wollt ich jetzt dann auch nicht mehr.

14. Gschichte

Im Wald.

Grad gestern wars. In aller Herrgottsfrüh. Also, so gegen elf Uhr. Da bin ich mit meinem Hund Rex im Wald spazieren gegangen, was wir immer um diese Zeit, nach dem Frühstück machen. Sie müssen wissen, mein Rex frühstückt immer zweimal am Morgen. Also einmal um sieben Uhr fünfzehn und dann noch mal um zehn Uhr zwanzig. Genau wie ich. Und dann gehen mir Gassi, der Rex und ich. Und immer gleich in den Wald hinterm Haus. Weil, mir wohnen ländlich. Sehr ländlich. Also, sozusagen am Land direkt. Mir können von unserer Terrasse direkt in die Natur gehn, da brauchen wir nur über unsere neu gebaute Granitsteintreppe, die mir extra anfertigen lassen, direkt in den absolut Dop gepflegten Gardn gehn. Den Rasen spritz ich alle acht Wochn mit Ungrautvernichder ab, damit das egelhafte

Grünzeug gar kei Chance hat. Da steht nur direkt imbordierter englischer Rasn. Den hab ich mir net etwa aus em Baumargt gekauft. Neee. Weil, da wirst du als Kunde nur beschissen, wenn du da was kaufst. Nein, ich hab den Rasn diregt in England besdellt. Und zwar über des Inderned. Das ist ein Rasen kann ich ihnen sagen. Der ist genauso aggurat wie der in Verseilles in Frangreich, obwohl des ja net in England liegt. Also, des Schloss und der Gardn. Aber da hab ich mich genau erkundigt. Weil ich wolld ja net so een Wildwuchs ham, wie mein Ögonachbar. Der lässd doch dadsächlich alles wachsen, dieser Blödmann der misserablige. Und dann fliegt des Ungraut, wenn der Wind saublöd sdeht, diregt zu mir rüber. Und dann hab ich keinen Dob Rasn mehr, sondern genauso eine Dreckswiesn, wie dieser Ögofuzzi. Und wissen Sie wos des schlimmsde is? Dieser Ögoderrorist, der versaut mir aach noch mein Waldsbaziergang mit meinem Rex. Weil genau der des war, den ich gestern im Wald begegnet bin. Weil mein Nachbar, dieser saublöde Hund, dieser Vollidiot fährd nämlich Moundainbike. So ein Gfährd, was den ganzn Wech im Wald braucht und wenn du dann als Sbaziergänger mit deinem Hund, den von deine Sdeuergelder bezahldn Waldweg lang gehst, dann kommt von hindn der Blödmann mit seinem Fohrrod daher und schmeißd dich fast um. Da kann ich grod zu viel griegn, wenn ich nur dran denk, wie die Saudebbnn da umeinander rasn und überhaubd kee Rüggsicht auf uns orme, sdeuerzahlende Bürcher nehmn. Überhaubd, was sind des eichendlich für neumodische Pförz, diese Moundnbeigs. Wenn ich Fohrrod fahrn will, was ich eichendlich nach gor net nödig hob, dann fahr ich ordnungsgemäß auf einere Strossn oder einem ausgewiesenen Fohrrodweg und net im Wald umeinander, wo man mit seinem komischen Fohrrod alles kabutt fährt. Dass die alles kabutt fahrn, mit ihren Moundnbeigs, des hat mir mein Nachbar erzähld und der muss des wissen, weil der is ehemaliger Förster und fährt heut noch mit seinem nagelneuen Geländewagen jedn Tog die Waldwege in der ganzen Umgebung ab und schaud nach, was die Saubande auf ihren Fahrrädern alles kadutt gfahrn ham. Den Geländewagn hat er sich ja eichendlich nur wechn seiner Frau gekauft, weil die net mehr in ein normales Auto einsteigen kann und gern ee bissle höher sidzd. Ich sag ihnen, dieses Auto hat Reifen, da leggst du mich am Orsch, die sinn so breid, dass wenn er einen Hund überfahren würd, der ganze Hund under einen Reifn passen würd. So breid sind die. Da kannst du im Wald aach emal eine Verfolgungsfahrd machn, mit so einem Waldwegzersdörer auf einem Moundnbeigs. Da hat mir mei Nachbar erscht vor zwei Wochen erzählt, dass er wieder mal so eine Saubande aufgsbürt hat und hat die dann durch den Wald gejagt. Die ham vielleicht blöd geglotzt, hat mein Nachbar erzählt, als die gmerkt ham, dass aus dem Nebenweg blötzlich er mit seinem Geländewagn raus gschossen is und die Drecksbande wie blöd durch den Wald gejagt hat. Er hat immer mit Absichd ein bissle Abstand ghaldnn, damit die gedacht ham, sie häddn ihn los. Und dann hat er wieder Gas gebn und dann mussdn die wieder neidredn in ihre Bedale. Er hat gemeint, dass er dene nur gezeigt hat, was sie so alles kabutt machn, wenn sie so umeinander rasn mit ihre Scheiss Fohrräder. Also, das find ich scho, dass das verbodn gehört, dass die mit ihren Fohrräder den ganzn Wald zersdörn dun. Und dann erzählt mir mein Ögonachbar aach noch, wie schädlich angeblich meine Sbridzerei für seinen Gardn is. Grad der muss mir des sagn, der, der durchn Wald heizd wie nix guds, muss mir erzähln, dass mein Bflegn von meim englische Rasn ungsund is. Da hab ich dann scho mal lachn müssn, denn ich hab mich da ganz genau ergundigt, mit dem Sbridzn. Des ist voll biologisch abbaubar, steht drauf. Gut, in Kinnerhänd, in die Augn oder direkten Hautkontagd sollst du des jetzt nett unbedingt kriegn, wenn du das Zeug spridzt. Aber mal ganz ehrlich. Wenn ich sbritz, dann leg ich mich ja net nackig auf mein Rasn oder sprüh mir des Zeuch in die Augn, um zu glotzn ob´s auch wirgt. Und Kinner hab ich keine und mei Rex, der verzieht sich immer, sobald ich die giftgrüne Bumpspritze ausm

Keller hol. Aber er hat´s begriffn. Denn beim erste Mal spridzen, da ist er schon mit seiner Nase mal ankommen und hat wissen wollen was ich ich da so mach. Und da hab ich halt einmal auf sei Nasn ghaldn und da is er dann aber sbrungen. Aber seitdem ist er kuriert. Meine Frau ist nach dem kleine Sbrüher mit ihm zum Dierarzt gfahrn, weil er doch so gejammert hat. Ist aber auch selber schuld, hätt ja seine Nase net diregt hinhaltn müssen. Aber aus Schaden wird man klug. Sag ich immer. Die Dierarztrechnung war ganz schö habbig, aber des kennt man ja von denen Halsabschneider. Hat der doch glatt behaubtet, dass ich mein Rex gladd vergiftn können mit dem Sbritzzeuch. Als ob der aa Ahnung hat, was da so drin ist. Der soll sich mal um die Viecher kümmern und seinen Kunden keine Vorträch halt. Mei Frau hat mir einen ewigen Vortrach ghalten, was ich dem Hund alles angedan hab. So ein Debb, dieser Dierarzt. Hätt der einfach sei Arbeit gemacht, dann hätt ich jedzd mei Ruh. Jetzt muss ich immer aufpassen, dass mei Alte nicht um die Ecke steht und glodzd, dass ich ordentlich aufbass. Und wenn dann noch mein Ögonachbar an seiner fürchterlichen Hecke steht, dann muss ich noch mehr aubass. Aber ich mach des jetzt ganz anners. Ich sbritz jetzt nur noch Nachts. Dann kriegts keiner mit und ich kann dem Nachbarn eine schöne Ladung über die Hecke haun.

15. Gschichte

Der Besuch.

Der Franke an und für sich ist gern für sich. Besuch mag er, aber nur dann, wenn er weiß, dass dieser Besuch wieder geht. Und zwar so wie er gekommen ist. Schnell her und schnell wieder weg. Manchmal wünscht sich der Franke, dass man den Besuch an der halboffenen Tür irgendwie wieder los werden könnte. Es reicht doch, wenn man sich kurz sieht. Tür halb auf, »Grüß Gott« sagen, fragen wie es geht (was eigentlich gar nicht interessiert) und dann gleich eine kurze Geschichte des eigenen Lebens erzählen. Und dann wieder die Tür zu und den Besuch wieder fahren lassen. Das wär so einfach. Aber nein. Besuch kommt einfach. Setzt sich mit seinem breiten Arsch auf das gut gepflegte fränkische Sitzmobiliar und will bedient und beschäftigt werden. Lesen wir, wie es einem gegangen ist, der seinen Besuch nicht wieder gleich los geworden ist.

Wissen Sie was richtig nerven kann? Was einem so richtig den ganzen Abend und das Wochenende versauen kann? Besuch. Besuch von Verwandten, die immer nur dann kommen, wenn´s was umsonst gibt oder weil man aus Versehen Geburtstag oder was anderes hat. Also, ich hab nix gegen Besuch oder so. Aber wenn die dann kommen und sich bei mir durch fressen, dann kann ich schon zu viel kriegen. Da kannst du dann gar nix machen. Die stehn plötzlich vor deiner Tür und grinsen dir mit ihrer blöden Fratze ins Gsicht und sind schneller drin, als das du sagen kannst „Halt". Was machst du dann? Du machst eine gute Miene zum bitterbösen Spiel. Du bist nett und bietest auch noch was an. Weil du ja so gut erzogen bist. Einen Scheiß bist du. Ein Depp bist du, ein Saublöder. Ein Rindvieh, weil du das gefräßige Volk auch noch bewirtest und die tun so als ob des völlig normal ist, dass sie dir den Kühlschrank leer fressen. Mit jedem Verwandten mehr, reduzierst du dein eigenes Wohlergehen. Genau dann, wenn die alle an deinem Tisch sitzen und du musst zuschauen, wie dein Vorrat zum Überleben immer kleiner wird. Dann kannst du auch anfangen und dein Bierdepot versuchen zu verstecken. Das nützt dir rein gar nichts, weil es immer einen gibt, der dieses Versteck findet. Da schaust du dann zu, wie die Flaschen, wie von alleine den Weg in den Hals von den Raffgeiern verschwindet. Du selbst bleibst höflich und siehst zu, wie diese verwandtschaftlichen Gierhälse dein geliebtes Bier sinnlos in den Hals schütten. Und dann tun sie auch noch meckern, dass es nicht so schmeckt, wie beim letzten Mal. Oder du darfst dir Sprüch anhörn, wie: »Beim letzten Geburtstag hast aber ein nicht so billiges Weißbier kauft. Bist halt auch immer geiziger.«

Da musst du dich dann schon beherrschen um nicht deine Faust direkt...Aber man tuts ja nicht. Wegen seiner Erziehung. Erziehung. So ein Krampf. Das ist keine Erziehung, das ist einfach nur das Beibringen von Blödheit. Du arbeitest wie ein Blöder und die Verwandten kommen und bringen dich um deine letzte Ration an Überlebensnahrung. Jedes mal dasselbe. Danach muss ich sofort einkaufen und überleg mir, ob ich nicht im Baumarkt ein neues Schloss oder eine Überwachungsanlage kauf, damit ich den Besuch schon vorher seh und die gar nicht rein lass.

Da hab ich neulich im Baumarkt so ein Superangebot gesehen. Eine Überwachungsanlage, die man erst einmal gar nicht sieht. Da installierst du eine neue Klingel und die schaut dann dem Besucher direkt ins Gesicht. Ich hab das im Baumarkt gleich mal ausprobiert und es hat funktioniert, denn die Klingel hat mir dann gleich gsagt, dass ich mit dem Gsicht nicht rein komm und es ist sowieso keiner da und ich soll mich verziehn. Erst wollt dieser Kamera ja gleich was sagn, aber dann hab ich gmerkt, dass ich in dem Baumarkt steh und mich so ein saublöder Depp dermaßen blöd anschaut, dass ich dann schon wieder leiser gworden bin. Die Anlage war jetzt grad nicht so teuer. Nur zweihundert neunundneunzig Euro hätt die kost. Ich hab´s erst mal sein gelassen, weil als ich meiner Frau erzählt hab, was das für ein Schnäppchen ist, da hat sie wie immer mit mir geschimpft und nur gemeint, ich wär ein paranoider Trottel, der immer komischer wird. Dabei denk ich nur an unsere Sicherheit. Man weiß ja auch nie, wer da dann plötzlich vor der Tür steht und ruckzuck hast du dann eine vor´s Gsicht. Wenn des jetzt meine Frau treffen wird, dann wär das ja nicht so schlimm, weil die kann ganz schön was ab, die ist da nicht so. Aber bei mir wär das schon was anderes. Ich bin ja schließlich der Herr im Haus, also, meistens, sagen wir mal gelegentlich, also, immer dann wenn ich sozusagen alleine im Haus bin, dann auf jeden Fall, weil dann bin ich ja sozusagen ganz alleine und dann kann keiner nei meckern. Und in einem solchen Augenblick hab ich dann doch die Überwachungsanlage beim Baumarkt gekauft. Meine Frau war bei ihrer Tante und hat da wieder mal »klar Schiff« gmacht, wie sie immer sagt. Als sie dann wieder kam, da war dann die Verwandtenabschreckanlage installiert. Die hat gschaut, als sie das erste Mal klingeln musste, weil ihr Schlüssel net funktioniert hat. Die Klingel hat sie erst mal begrüßt und gfragt, was sie denn möcht. Da ist die Alte aber gleich laut geworden und hat meiner Klingel erst mal eine Text erzählt, dass sie daheim ist und diese saublöde Klingel gefälligst die Tür aufmachen soll. Die Klingel ist da ganz ruhig geblieben und hat sie gfragt, ob sie denn ein Passwort für sie hätt. Da hat meine Alte mit der Faust voll auf den Klingelknopf geprügelt und tatsächlich ist die Tür dann aufgegangen. Also, die Klingel hat schon mal einen Respekt vor meiner Frau. Bei mir hat´s net ganz so leicht funktioniert. Gut, war eine blöde Situation. Ich hab auch mal meinen Schlüssel liegenlassen. Dann hab ich halt auch geklingelt. Die Klingel hat mich auch gfragt, was ich denn möcht. Ich hab ganz lässig gemeint, dass ich nach Hause möcht. Da hat diese Drecksklingel mich doch glatt gfragt, was ich dann bei ihr will. Ich hab die angeschrien, dass ich da daheim bin. Dann war erst mal Ruh. Nichts hab ich ghört. Dann hab ich Sturm geklingelt. Die Klingel hat mich dann drauf hingewiesen, dass die Hausherren generell nichts von Staubsaugervertretern kaufen und ich soll schauen, dass ich Land gewinn, weil sonst würde das System die Polizei rufen. Dann hab ich, genauso wie meine Frau auf die Klingel ghaut. Nix ist passiert. Dann hab ich gebrüllt, dass das Scheißsystem mich jetzt endlich in mein Haus rein lassen soll. Dann war fünfzehn Minuten Totenstille und ich hab mich vor die Tür gesetzt. Dann kam endlich meine Frau und hat nur gemeint warum ich da rum sitz. Ich hab's ihr erzählt und die ist an mir vorbei und hat kurz geklingelt und gleich zu der Klingel gsagt, sie soll die Dreckstür aufmachen aber zackig. Und? Die Tür geht auf und meine Frau stolziert ins Haus. Am Abend hab ich dann diese Mistanlage wieder abgebaut und zum Elektroschrott gebracht, weil eine solche Nervanlage braucht wirklich kein Mensch. Ach ja, ich muss jetzt auch mal weg. Mein Schwager hat Geburtstag und ich muss schaun, dass ich sein Kontingent, dass er bei mir das letzte Mal weg gesoffen hat, wieder zurück schütt.

17. drittes Gedicht

Gedicht drei.

Manchmal sidz ich do.

Manchmal hock ich do.

Manchmal ganz wo anners.

Manchmal aach einfach nur so.

Aber ganz oft, wenn ich do sidz,

denk ich mir:

»Warum hockst denn jedzd do?«

»Warum hockst denn net wo anners?«

»Wärs wo ganz anners net viel besser?«

Dann guck ich an mir runner.

Dann seh ich den Bodn.

Dann seh ich die Erdn auf der ich hock.

Kanns wo anners besser sein?

Besdimmd net.

18. Gschichte

Im Theater

oder

Land trifft Stadt.

Wissen Sie wo ich gestern Abend war? Des können sie sich überhaupt net vorstell, wo ich war. Des kannst du auch fast keinem erzähl. Weil, des war so komisch, dass es schon wieder normal war. Also so komisch war des. Wenn ich des meiner besten Freundin erzählen tät, dann tät die mir des nie, also ganz ehrlich, niemals tät die mir des glaub, wo ich heut war und was ich da alles erlebt hab. Wenn ich da jetzt dran denk, dann wird immer noch ganz anders. Regelrecht schwindlig wird´s mir da in meinem Kopf. So komisch war des. So was ähnliches hat mir die Hilde aus der Gartenstrass auch schon mal erzählt, aber damals hab ich derer auch net wirklich geglaubt, als die mir des erzählt hat. Und die übertreibt wirklich net. Die ist noch eher eine, die weniger erzählt, als wirklich los war. Die Hilde ist eine, also wie sag ich des jetzt, also eher eine die wenig redet und mehr schweigt. Fast so wie ich. Ich kann auch schweigen wie ein Grab. Vor allem wenn´s um was geht, was andere erzählen. Aber des wollt ich doch gar net erzähl. Ich muss ihnen doch von dem erzähl, was ich heut erlebt hab. Aber wenn ich ihnen des jetzt erzähl, dann glaube sie des ja doch net. Denn wenn mir des einer erzähl würd, dann tät ich des so net glauben. Auch wenn der mir erzählt, dass des echt so passiert is. Glauben tät ich des net. Sie glauben so was scho? Weil sie ja net wissen was ich ihne erzählen wollt. Na gut, aber auf ihre Verantwortung hin. Net dass sie mir nachher sagn, ich hätt sie warnen sollen. Weil des was ich erzähl mehr als komisch is. Es is schon fast unglaublich. Ich wollt des mein Mann heut morgen beim Frühstück erzähl, aber der hat nach fünf Minuten gsagt, ich soll aufhör, weil des eh alles net stimmt und er scho ganz durmelich im Kopf wird. Aber Sie wollen es ja net anders, dann erzähl ich es halt.

Angfangen hat des Ganze an meim letzten Geburtstag. Da hab ich von meiner Schwägerin eine Karde fürs Theader in Würzburg geschenkt bekommen. Die schenkt immer so Zeug, was du so erst einmal gar net brauchst, aber es is doch nett gemeint. Mei Schwägerin kommt immer allein zu uns, weil ihr Mann, also der Bruder von meim Mann, scho ein paar Jahr tot ist. Der war ja auch der älteste von dene sieben Geschwister. Deswegen kommt die Rosemarie auch immer allein. Ich hab mich schon über des Geschenk gefreut und gestern Abend hat es ja dann endlich geklappt mit dem Theaterbesuch in Würzburg. Mein Mann is da net mit, weil der ja auch von Kunst gleich gar nix versteht. Na ja, des is auch net schlimm gewesen, dann konnt ich in Ruh dahin fahr und des Stück anglotz.

Zuerst musst ich da mal erst hin komm, nach Würzburg. Ich hab mich also um drei Uhr mittag fertig gemacht und bin dann um kurz vor vier zur Bushaltestelle gelatscht. Da ham die Leut aber ganz schön geguckt, als ich mit meim Sonntagskleid die Strassen nauf gangen bin. Sogar mei einzige Handtasche hab ich mitgenommen, weil wenn ich schon mal in die Stadt komm, dann wollt ich schick ausseh. Nur mit dene Drecksschuh, die ich mir extra gekauft hab, hab ich einige Schwierigkeiten ghabt. Wissen Sie, die ham sooo hohe Absätz und wenn du net jeden Tag mit sowas rumrennst, dann ist des nix für solche Landfüß. Ich hab die ja ein paar mal bei uns am Hof angezogen, um ein Gefühl dafür zu kriegen, aber des erste Mal bin ich gleich an der Stufe zum Stall mit dene Drecksdinger häng geblieben. Mei Mann hat dann nur gemeint, dass Pariserschuh net für fränkische Füß gemacht sind. Aber der hat auch keine Ahnung von Mode und von Schuh schon gar net. Der hat ja immer nur sei Gummistiefel an oder sei alte Lederlatsche.

Der Bus is dann auch um halb fünf gekommen und außer mir ist um die Zeit keiner ausm Dorf mitgefahren. Der Busfahrer hat mich blöd angschaut, als ich eingestiegen bin. Er hat noch gesagt, ob ich mit dene Stiefel überhaupt zurecht komm, denn irgendwie sieht des net so aus. Ich hab ganz ruhig bezahlt und hab mich gleich hinter den Deppen hingesetzt. Aufm Weg nach Würzburg ham mir mit dem Bus in jedem Kaff angehalten und um dreiviertel sieben waren mir dann endlich am Hauptbahnhof in Würzburg angekommen. Beim aussteigen aus dem Bus bin ich mit meine Scheißabsätz an der letzten Kante häng geblieben und fast in der ganz Läng naus geflogen. Ich hab des aber elegant gelöst und bin mit drei Sprünge wieder ganz grad gewesen. Ich fand das des richtig elegant ausgesehen hat, wie ich wieder grad gestanden bin. Jetzt musst ich mich aber ganz schön beeil, damit ich noch rechtzeitig zum Theater hin komm. Also, hob ich meine Handtasche unter meim Arm geklemmt und bin im Affentempo durch die Stadt gerannt. Die Leut in der Stadt ham da schon geschaut, als ich da wie eine angestochene Tarantel kreuz und quer zwischen die Leut durch bin. Aber des war mir dann auch wurscht, weil ich wollt ja pünktlich dahin komm. Unterwegs hab ich dann den totalen Schreck kriecht, weil ich mir gar net mehr sicher war, ob ich denn die blöde Eintrittskarte überhaupt dabei hab. Der kalte Schweiß ist mir da ausgebrochen, so ist mir der Gedanke wegen der blöde Karte in mei Hirn geschossen. Ich hab nach rechts und links geguckt, ob ich irgendwo mei Handtasche ausleer könnt und des Ding find. Zum Glück war da eine Bank, wo ich mich hin setz konnt. Sofort hab ich die Handtasche auf gerissen und erst einmal alles raus geschmissen, was da so alles drin war. »Himmel Herr Gott, was hab ich denn alles in dere Dreckstasche drin«, hab ich mir gedacht, als ich den ganze Scheißdreck raus geräumt hab. Und was soll ich sagen. Ganz im hintersten Eck war die Karte gesteckt. Scheinbar hab ich etwas laut aufgestöhnt, als ich die Karte in meine Händ gehalten hab, denn ein junger Mann hat mich gleich gefragt, ob es mir denn gut geht. »Ja ja, mir geht´s gut. Ich hab bloss die Dreckskarte gesucht«, hab ich ihm nett geantwortet. Ich hab dann alles wieder in meine Handtasche nei geschmissen und wollt grad wieder aufstehn, da kommt doch so ein Rindviech und packt mich unter die Arm und will mir aufhelf. Ich hab dem Idiot erst einmal meine volle Handtasche quer über sein Kopf gezogen, weil ich gedacht hab, dass der mich überfall wollt. Hat der gebrüllt, als meine Tasche ihm den Schädel voll nach links gedreht hat. »Sind sie des Wahnsinns. Ich wollte ihnen doch nur hoch helfen«, hat der geschrieen und sich seinen Schädel gehalten.

»Ich hab gedacht, sie wollen mich überfallen, weil in der Zeitung steht immer, dass in der Stadt nur Banditen rumrennen«, hab ich zurück gebrüllt. Der ist dann nur noch davon gerennt und ich bin dann endlich weiter kommen. Nach dem kurze Zwischenfall bin ich schnurstracks zum Theater gerennt und ich war noch genau rechtzeitig dort.

Vor dem Theater hab ich erst einmal Luft geholt und bin dann die Treppe zum Eingang nauf gerennt. Da stand dann ein feiner Herr im Anzug und wollt meine Karte seh.

»Guten Abend gnädige Frau. Ihre Karte bitte.«

Ich zeig dem meine Karte und will schon an dem vorbei renn, als der zu mir sagt.

»Sie müssen hier vorne gleich nach rechts und denn kurz den Flur runter und dann scharf links ums Eck.«

»Na super«, hab ich zu dem gesagt und bin gleich nach links ums Eck.

»Nach rechts, junge Frau«, hat der mir nachgeschrien, aber des hab ich gar net mehr richtig mitgekriegt.

Als ich da so um des Eck geschossen kam, stand da noch eine, die gleich nochmal meine Karte anschaun wollt. Die hat mir dann höflich erklärt, dass ich im völlig falschen Flur rum renn und gemeint, ich muss ganz den Flur runter und dann kommt eine Tür und da dahinter ist gleich meine Sitzreihe. Scheinbar hab ich so dämlich geschaut, dass die nur gemeint hat, sie geht besser mal mit und zeigt mir, wo ich hin muss. Also, ganz ehrlich, in dem Laden kannst du dich nur verlauf, wenn du da nei kommst. Aber immerhin war ich noch rechtzeitig auf meim Platz. Meine Handtasche hab ich auf meim Schoß gestellt, denn man weiß ja nie, ob die an der Garderobe net alles aufmachen und mein ganzes Zeug anschaun. Also, des wollt ich dann auch net, dass da irgendwer des sieht was da drin ist.

Die Sitz in einem Theater sind ja echt bequem. Da kannst du dich richtig rein häng und musst halt aufpassen, dass du net gleich einschläfst. Kurz bevor die Vorstellung endlich losgangen ist, mussten mir dann alle noch einmal aufsteh, weil so ein komisches Paar, kurz vor knapp noch ins Theater rein gerennt kam. Also manche Leut haben ehrlich Null Ahnung, wie man sich in so einem Theater benimmt.

Dann ist des Licht ausgegangen und der Vorhang hat sich geöffnet.

Ich hab ja gar net gewusst, dass so eine Theaterbühne dermaßen groß ist. Dauernd musst ich mein Kopf nach links und rechts dreh, damit auch alles gesehn hab. Des ist mit der Zeit ganz schön anstrengend gewesen und dazu musst Du die ganze Zeit aufpass was die alles sagen. Also, unter uns einmal gesagt, Schwerhörig darfst du da net sein, denn sonst verstehst du kein einziges Wort, was die da singen. Ach so, des hab ich ja noch gar net erzählt. Des Stück, was ich mir da angeschaut hab, war eine Oper und zwar eine spanische Oper. Carmen hieß des und gespielt hat des ganze in Spanien, sonst wär´s ja auch keine spanische Oper. Mein Mann hat des auch net kapiert, aber des ist net so schlimm, weil die haben ja französisch gesungen. Des hab ich dann vom meinem Sitznachbar in der Pause erfahrn. Das war ein ganz gebildeter Herr und der hat mich, weil ich allein ins Theater rein bin, auf ein Glas Sekt eingeladen. Der Sekt hat irgendwie anders geheißen, Prosekto oder so ähnlich. Des war aber auch wurscht, weil mich hat nur gestört, dass da so ein Haufen Kohlensäure drin war. Des erste und des zweite Glas hab ich erst einmal mit einem Schluck weggezogen, weil ich so einen Durst hat. Danach musst ich andauernd von dem Dreckszeug aufstoß und des kannst du gar net leise, da kannst du dich noch so anstrengen, des wird nix. Aber meinem Bauch ging´s nachher besser.

Nach der Pause hat mir mein Sitznachbar gezeigt, dass die im Theater die ganze Zeit den Text, was die da singen, oben anzeigen. Und zwar in deutsch. Ich hab so getan, als ob ich des die ganze Zeit gewusst hab und nur genickt. Mich hat bloß gewundert, dass die links und rechts immer des gleiche geschrieben haben. Des war aber auch egal, weil ich konnt gar net so schnell lesen, wie des da oben stand. Die Musik war auf jeden Fall gar net schlecht. Nur ab und zu bin ich ganz schön erschrocken, wenn des Orchester plötzlich ganz laut gespielt hat und ich grad so schön am wegduseln war. Einmal haben die mich aber so erschrocken, dass ich laut los gebrüllt hab:

»Jesesmaria und alleheiliche zam.«

Ich konnt doch gar nix dafür. Aber von meinem Geschrei, ist dann mein Sitznachbar auch so erschrocken, dass der dann zurück gebrüllt hat: »Himmel was haben Sie mich erschreckt.«

Nachher war´s erst einmal ganz ruhig in dem Theater, kein Mensch hat irgendwas gesagt und die Musik hat auch aufgehört zu spielen. Des hat aber net so lang gedauert und dann hat der Dirigent wieder angefangen mit die Arm zum Fuchteln und die Musiker haben wieder losgelegt. Erschreckt haben die mich mit ihrer Musik dann auch net mehr und ich konnt bis zum Schluß die ganze Vorstellung genieß. Am End hat mich mein Sitznachbar noch auf ein Glas Sekt eingeladen und stellen Sie sich vor, der war glatt aus meim Nachbardorf. Der ist da vor über zwanzig Jahren hingezogen, weil es bei uns in der Gegend so günstig ist zum wohnen. Er hat mir dann angeboten, dass er mich doch Heim fahrn könnt, damit ich net noch auf die Bahn oder den Bus warten muss. Also, des fand ich furchtbar nett und dann hab ich gleich noch ein paar Gläser Sekt weggezogen, bevor wir dann Heim gefahren sind.

Mir war es dann schon ein bisserl unangenehm, dass mich beim Heimfahren dauernd der Sekt aufstoßen hat lassen, aber die Gase müssen ja auch mal raus aus dem Körper. Ich hab mich immer brav entschuldigt, wenn mir mal wieder so ein Gas hochkommen ist, aber er hat dann immer gesagt: »Ach das ist doch gar nicht schlimm. Was raus muss, muss raus.« Also, des war schon sehr nett von ihm. Er hat sich auch gar nicht beschwert, dass er dreimal anhalten hat dürfen, weil ich dringend für kleine Mädchen musste. Aber wenn du nicht mehr die Jüngste bist, dann geht des halt auch net so leicht mit der Blase.

Um fast ein Uhr war ich dann Daheim und mein Alter hat natürlich schon gepennt. Ich war dann ganz leis, als ich ins Haus und ins Schlafzimmer gekommen bin. Nur einmal ist er kurz wach geworden und hat gegrunzt wie eine alte Sau. Da bin ich im Dunkeln mit meim Fuß an dem blöden

Bettpfosten hängen geblieben, dann hab ich halt kurz aufgeschrien, weil des dermaßen weh getan hat. Da hat er, wie gesagt, kurz gegrunzt, mich blöd angeschaut und hat sofort weiter geschlafen. Nicht einmal nach mir oder meinem lädierten Fuß hat der alte Depp geschaut. So ein saublödes Rindviech, so ein saudummes. Na ja, wenn der mal wieder was hat, dann kümmer ich mich auch um gar nix. Soll der doch verreck, der Aff, der Kreuzlahme. Am Frühstückstisch hat der mich nur gefragt, wie es im Theater war und ob ich was kulturell gelernt hab. Nach meim Fuß hat der mich nix gefragt. Aber des merk ich mir, des kann ich ihnen sagen. Der brauch mir nix mehr komm. Schluß aus und vorbei.

Aber im Theater war's wirklich sehr schön und der Herr Vogel aus'm Nachbarort hat mich auch schon für einen neuen Besuch ins Theater eingeladen. Des ist halt ein Mann von Welt.

Autor

Joschi von Sárközy wurde 1967 in Franken geboren.

Er wuchs durchaus gesittet auf und hatte schon früh erkannt, dass Kunst und ein Künstlerdasein etwas für ihn sein könnte.

Das lag sicher an einer gewissen Veranlagung, die er großväterlicher Seits ins Blut impliziert bekam. Er wusste zu diesem Zeitpunkt nur noch nichts davon.

Mit weiteren Jahren kam der Drang immer stärker durch und seine Umwelt erleidete seine Ergüsse an Texten, Sprachverwandlungen und Musik.

In der Schule brachte das wenig, doch das störte nur die Schule und nicht den Schüler.

Zahlen und Fakten derselben waren dem Textschreiber nicht sehr wichtig und nur Bücher und Musik erhielten seine Aufmerksamkeit.

Ein Ergebnis der endgültigen Schulleistung erspare ich jedem hier.

Schon früh schrieb er und hörte bis heute nicht damit auf. Selbst Versuche von psychotherapeutischen Maßnahmen scheiterten gänzlich. Es entstand das Gegenteil.

Er schrieb, um sich diese Berufsgruppe zu ersparen.

Das tut er immer noch.